「かつのり………しあわせ………」
「俺も幸せだよ。ありがとう」
涙のあとが残る頬にチュッとキスをしてもらって、清彦は微笑んだ。

無垢《むく》で傲慢《ごうまん》な愛《あい》し方《かた》

名倉和希《なくらわき》

ILLUSTRATION：壱也《いちや》

無垢で傲慢な愛し方

LYNX ROMANCE

CONTENTS

無垢で傲慢な愛し方

今泉清彦《いまいずみきよひこ》は、その日、二十歳の誕生日を迎えた。

待ちに待った誕生日だった。この日を、十六歳から四年間、指折り数えて待っていた。

待って、待って……待ちすぎて、清彦は疲れてしまい、すっかり拗《す》ねていた。

いまだ子供の時期を抜け出していない十代の微妙な時期の少年にとって、四年間は長かったのだ。

年をとるにつれて一年を短く感じるようになり、少年時代の長い一日のことなど、そんなこともあったと思い出になるだろうが、その境地に至るのはいったい何十年後のことか。

「清彦様、長谷川《はせがわ》様がいらっしゃいました」

自分の部屋のドアがノックされて、年配の使用人が知らせてきた。

「リビングにお通しして」

純日本風の今泉家だが、座敷とはべつに設《しつら》えてある洋風のリビングがある。清彦はここで紅茶を飲むのが好きだった。窓からは今泉家自慢の日本庭園が眺められる。ゴブラン織の張り地がお気に入りのソファにゆったりと腰をかけ、好きな紅茶を楽しむのだ。

それを知っているのは家族と、恋人だけ。洋風リビングはプライベートな部屋だった。

「さて……」

清彦は立ち上がって、ゆっくりと深呼吸した。クローゼットを開けて、姿見に全身を映す。二十歳にしてはいささか頼りない薄い体だが、等身のバランスは取れていると思う。部屋着にしているシャツとチノは、ラフすぎることなく、恋人に会うのに支障はないだろう。さらさらすぎる髪は乱れていない。とくにナルシストではないが、恋人に会う前には身だしなみをチェックするのが習慣になっていた。それに、今夜は特別だ。

二十歳の誕生日は、約束の日。四年間、おたがいに待った。清彦が成人するのを。

恋人はいよいよその日が来たと、期待に胸を躍らせているだろう。

だが——清彦は、素直にその期待に応えるつもりはなかった。絶対に応えたくないというわけではないが、喜んで即座に、飛びつくようにして受け入れるつもりはなかった。

さんざん待たされた。おまけに隠し事をされた。その意趣返しがしたかった。

清彦は胸を張って自分の部屋を出た。まるで戦に出陣する武将のごとき心境になっていたかもしれない。それも仕方のないこと。深窓の令息として大切に育てられてきた清彦にとって、こんな一大事は生まれてはじめてだった。

リビングに行くと、恋人がソファに座って待っていた。長谷川克則《かつのり》という清彦の恋人は、男らしい顔をうっすらと紅潮させていた。清彦を見て、すっくと席を立つ。手には真っ赤な薔薇《ばら》の花束を抱えていた。夜だというのに身につけているスーツには皺《しわ》ひとつなく、ネクタイもきっちりと結ばれている。今日は平日だ。おそらく仕事を終えた後、清彦に会うためだけに着替えてきたのだろう。十七歳も年上の恋人は完成された大人の男で、いま働き盛りだ。見事な男ぶりだった。

断られるとは微塵《みじん》も思っていない、期待に満ちた表情をしている。清彦はその瞬間の愕然《がくぜん》とした顔を想像して、澄ました顔をしながらも内心ではわくわくしていた。

傷つくがいい。清彦は待たされて、嘘をつかれて、傷ついた。腹を立てて、疲れてしまった。克則も一度くらい傷つけばいいのだ。そうすれば、きっと清彦の苦悩が理解できるだろう。信じていた男に嘘をつかれて、ただ待つだけの日々がどんなに辛《つら》いか――。

「清彦君、誕生日おめでとう」

「……ありがとう」

差し出された薔薇は、とりあえず受け取った。花束に罪はない。ローテーブルを囲むソファのひとつに、清彦は腰を下ろす。窓がよく見える位置の一人掛けソファは、清彦の指定席のようなものだ。夜なので窓には分厚いカーテンがかかっていて庭は見えないが、清彦は視線をそちらに向けた。横顔に克則のまなざしを感じる。

「やっと二十歳になったね。嬉《うれ》しいよ」

克則の声は弾んでいる。心から喜んでいるのが、手に取るようにわかった。

「清彦君、あらためて、申し込みをしたい」

こほんと空咳《からせき》をして、克則が姿勢を正す。近い将来、大企業を背負って立つ立場の克則は、今年で三十七歳。いままでより取り見取りだったはずだ。それなのに、清彦を選ぼうとしている。愚かで実直で頑固で……どうしようもなく、愛《いと》しい男。

「俺の愛ははじめて出会った十年前から、君だけのものだ。これからも、君しか俺の心には住まないだろう。やっと二十歳になって、大人同士の付き合いができるようになった。俺の正式な恋人になっ

てほしい。君を愛している」

　自信に満ちた声で、克則ははっきりと愛を告げてきた。清彦は窓に向けていた視線を、ゆっくりと克則に戻す。清彦が頷《うなず》くのを待っている克則に、ふっと微笑《ほほえ》みかけた。

　さあ、傷つくがいい。

「僕は、あなたの恋人にはなりません」

　克則は一瞬、なにを言われたのかわからなかったようだ。ぽかんと口を開けて、動かなくなる。清彦は花束を手にしたまま立ち上がった。

「これは、誕生日の祝いとしてもらっておきます。ありがとう。気をつけて帰ってください。おやすみなさい」

　それだけ言って背中を向けた。ドアへと歩いていく途中で、やっと我に返ったらしい克則が、「待ってくれ」と追いすがってきたが、無視した。混乱しているらしく、声が上ずっている。

「き、清彦君？　ちょっ、どうして？　説明してくれ……！」

　清彦は振り返ることなくリビングを出て、背中でドアを閉めてしまった。早足に二階にある自分の部屋へと向かう。思惑通り、克則を傷つけることができた。さぞかし動揺していることだろう。なぜ清彦が拒んだか、よく考えるといい。

　だが――すこしも清彦の心は晴れなかった。衝撃を受けて顔色をなくしていた克則の表情が目に焼きついている。本当に傷つけてしまったのだ。嘘をつかれたり待たされたりはしたけれど、克則はずっと清彦だけを愛してくれていた。すごく大切にしてくれた。大切にしすぎて、まったく手を出してこないくらいだった。

思っていた通りに意趣返しができたのに、ちっともすっきりしない。それどころか、急に焦燥感が襲ってきた。

「……どうしよう……」

いまの拒絶を真に受けて、克則が二度と清彦に会いに来てくれなくなったらどうすればいいのだろうか。

ちょっとやそっとでは清彦を諦めることはないだろうと高《たか》を括《くく》っていたが、さっきの表情は本当にショックを受けているようだった。嫌われただろうか。もう脈はないと、だれか別の人を探すだろうか。清彦の克則への愛は冷めていない。もし克則が自分以外の人を選んだら、清彦のこの愛はどこへ行けばいいのか――。

花束を机に置いて、清彦は部屋を出た。階段を下りようとしたとき、使用人の声が聞こえた。

「あら、長谷川様、もうお帰りですか？」

克則が帰ってしまう。使用人にどう答えたかは聞こえなかったが、清彦が下に行こうかどうしようか迷っているうちに玄関の引き戸が開閉される音がした。

「………あ………」

帰ってしまった――。

清彦は大変なことに気づいた。

今夜、克則を拒んで傷つけることは予定していたが、その後、どうやって撤回するかは考えていなかったのだ。

今泉家の御曹司《おんぞうし》として蝶《ちょう》よ花よと育てられてきた清彦は、人に謝ったことがなかった。どうやって頭を下げればいいのか、だれにも教わってこなかったのだった——。

◇

清彦は十歳のとき、将来の伴侶となるかもしれない男と出会った。当然のことながら、その当時はまったくそんなことは意識していなかったが。

今泉家は元華族という家柄で、特権をいかして明治から大正時代に貿易で財をなした。運良く当主たちに商才があったことで、華族制度が廃止されてからも順調に成長を遂げ、いまでも今泉グループと聞けば高貴な血筋の企業だと知っている財界人は多い。

そんな今泉家の二男として生を受け、清彦は溺愛されてきた。遅くに生まれた清彦を、両親と兄はたいそうかわいがってくれ、清彦の目に映るもの、身につけるもの、口に入るもの、すべてを最高級のもので揃《そろ》えた。清彦にとってそれはあたりまえであり、なんら特別なことではなかった。

生活の隅々までも管理されていたが、家族の愛情を微塵も疑ったことがない清彦は、それが自分に有益であるからだと理解していた。小学校高学年になるころには、今泉家が特殊であり、その中で過保護に育った自分がいささか常識外れだという自覚は生まれつつあったが、これも個性かもしれないと納得していた。

十歳のとき、兄・重彦《しげひこ》が自宅に友人を連れてきた。これはとても珍しいことで、清彦は最初からその友人に興味を抱いていた。両親は清彦を今泉グループで辣腕をふるうビジネスマンに育てる気はないらしく、仕事関係の人間に引き合わされたことがほとんどなかったし、兄にも友人を紹介されたことはなかった。大人になると損得勘定を抜きにした人間関係は築きにくい。清彦を世知辛《せちがら》い世の中から遠ざけておきたかったのかもしれない。

それなのに連れてきたのだから、きっと重彦にとって重要な人物で、清彦に引き合わせても大丈夫と太鼓判を押された清廉潔白な男なのだろうと想像していた。そしてその想像は当たっていた。

「はじめまして、清彦君。俺は君の兄さんの友達で、長谷川克則だ。よろしく」

十歳の清彦にとって、十七歳も年上の兄はほとんど二人目の父親に等しく、兄弟というよりも保護者に近かった。その友人もまた大人であり、見上げるほど長身でがっしりとした逞《たくま》しい体つきの克則は、優しい笑顔の好青年だった。

長谷川家は元をたどれば今泉家の家臣だ。だがいまではアジアを中心に海外で発展を遂げている大企業で、その規模は今泉家の比ではない。戦後、まず建築業で会社を大きくした長谷川家は、高度経済成長期に日本全国にスーパーマーケットを展開し、いまでは世界に向けて規模を拡大しつつある。そのほか、業種は多岐にわたり、不動産業、都市開発業、金融業、保険業など、一般庶民の生活になくてはならないものを取り扱っている。

長谷川家は、今泉家にとって良好な関係を保っておきたい家なのだ。だがそういった事情を抜きにしても、兄は克則を信頼している。会ってみて、それがよくわかった。重彦は、おそらく一生の友人として付き合っていける人物だと思っているはず。だから清彦に紹介したのだ。

克則はまっすぐな目で清彦を見つめ、快活に笑った。裏表がなさそうな屈託のなさが、とても印象的だった。初対面のとき、敷地内にある茶室でもてなした。清彦がたてたお茶を克則が大切そうに飲んでくれて、とても嬉しく思ったのを覚えている。それ以来、克則は頻繁に今泉邸を訪れるようになった。兄が不在のときでも来て、清彦を話し相手にお茶を楽しみ、帰っていった。

克則の視線がただの好意ではないと気づいたのは、いつだっただろう。

なにかを訴えかけるような熱い視線は、ただの友人の弟に向けるものではない。ある意味、崇拝にも似た色を感じ取った。熱っぽいまなざしは不快ではなかったが、清彦の心の奥底まで貫くほどに強烈で、ときおり落ち着かなくさせられた。

それがいったいなんなのか、清彦はわからなかった。兄や学校の友達に聞くのは違うような気がして、なんとなくだれにも言えずに胸に秘めていた。

その不可解で気になる視線の意味が判明したのは、清彦が高校に入学したときだ。入学式を終えて帰宅した清彦を、克則が訪ねてきた。平日の昼下がりなのに、克則は祝いの言葉を贈るためだけに仕事を途中で抜け出して今泉邸まで来てくれた。

「清彦君、高校入学おめでとう」

「ありがとう、長谷川さん」

入学式から帰ってきたばかりの清彦は、真新しい制服のまま、洋風リビングで休憩しているところだった。お気に入りの茶葉の香りを楽しみながらゴブラン織のソファに座る。庭に面した大きな窓からは、今泉家自慢の庭園がよく見渡せた。

「よく似合っているね、その制服」

「そうですか？　ありがとうございます」

高校の制服は、シルバーブルーのブレザーと紺色のスラックスだ。今朝、出かけるときに兄の重彦が「素晴らしい、おまえのためにデザインされたような制服だ」と大騒ぎしていたが、入学式では百人以上の新入生がおなじ格好をしていた。清彦だけが特別に似合っているとは思えなかったが、とりあえず礼だけは言っておく。

「入学式はどうだった？」

「どう、とは？」

「新しい学校とクラスと担任の先生は、どんな感じだった？」

「どうもこうも、顔ぶれはほとんど変わっていません。担任だけは高等部の教師になりましたけど」

清彦は幼稚舎からエスカレーター式の私立学園に籍を置いている。クラスメイトのほとんどが幼稚舎からの幼馴染《おさななじみ》だった。とくに問題はない代わりに、面白味も欠けている。

「でも外部からの入学者もいるだろう？　清彦君のクラスには一人もいない？」

「ええ、確か二人いました……。自己紹介していたけど、よく覚えていません。たいして興味は湧かなかったので。ああ、そういえば、担任教師が若い男性で――」

二十代半ばの男性教師は、はじめて担任を持つことになったと自己紹介していたが、かなり緊張していて顔を真っ赤にしていたのだ。丸顔に汗をかき、しきりにメガネのブリッジを指で押し上げていた。女子生徒たちにクスクスと笑われて、すこしかわいそうなくらいだった。だが頼りない感じはしなかったし、優秀そうではあったので、これからうまくやっていくだろう。清彦がその光景を思い出していると、克則が表情を硬くしていた。

「それは、どんな男だった？」

どういう意味の質問だろうか。清彦が首を傾《かし》げると、克則がぐっと唇を結んだ。そしてなにかを決意したように席を立つ。もう帰ってしまうのかと見守っていると、克則はテーブルをぐるりと回りこんできて、清彦の前に片膝をついた。

「清彦君……」

まるで女王に忠誠を誓う騎士のように、自分の片手を胸に当ててソファに座る清彦を見つめてくる。

いったいなにがはじまるのか、清彦は黙って待った。

「君が好きだ」

驚いた。驚きすぎて、清彦はなんの反応もできずに固まった。克則はまっすぐに目を見ている。一瞬たりとも逸《そ》らすことなく、清彦をただ熱っぽく凝視してきていた。

「君を愛している」

はじめて会ってから六年近くがたつ。人として、関係を深くするのには十分な長さかもしれないが、清彦はまだ高校に入学したばかりの少年で、克則は十七歳も年上の兄の友人だ。しかも同性。こんな展開はまったく考えたことがなくて、どう反応していいのかわからなかった。

「……すまない。君を驚かせるつもりはなかった。俺はただ、真剣に君のことを……」

どうも計画的な展開ではなく、衝動的だったらしい。いったい清彦の話のどこにスイッチを押されたのか不明だ。

清彦は手に持ったままだったティーカップをテーブルに戻し、ソファの肘掛に右肘をつき、床に片膝をついた体勢で動かない克則を見下ろす。

「僕を、好きなの？」

「好きだ。心から、君だけを愛している」

真剣な告白にしか見えない。そもそも克則はこんな冗談を口にするような人物ではなかった。では、これは真実の気持ちなのか。

驚いたが、心のどこかで腑《ふ》に落ちるものがあった。

克則はそういう意味で清彦を見つめていたのか。だから、あんな熱をこめたまなざしを送ってきていたのか――と。謎が解けて、清彦は安堵した。不思議なことに、同性で十七歳も年上の克則に告白されても、嫌な感じはしなかったのだ。

「長谷川さんは兄と同い年だから、もう三十二のはずですよね……。大人の女性ではなく、僕のような若い男子が好きなのですか？」

単純な疑問だった。もし若い男子が好きなだけだったら、清彦が大人になるにつれて克則の興味は薄れていくだろう。克則は即座に「ちがう」と否定した。

「同性を愛しいと思ったのは、君がはじめてだ。五年前、清彦君に出会ったときから、俺の心は君でいっぱいだ。君以外、なにも見えなくなった」

「……長谷川さんは、僕だけが特別で、成人前の男子が好きというわけではないのですね？」

「君が特別だ。俺は君以外の男になど、心惹《ひ》かれない」

断言した克則は格好よかった。清彦の胸に、じわじわと歓喜が湧いてきた。

この男は自分のものだ。そう思った。独占欲と支配欲が、清彦の体いっぱいに溢《あふ》れた。

これから日本の経済を背負って立つと目されている克則が、清彦の前に膝をつき、恭しく手を取って甲に誓いのキスをする。かつてない優越感に、清彦は酔い痴《し》れた。

克則は清彦が告白に対してどう返事をするか、断られることを覚悟している表情だったが、清彦には克則を手放すつもりはまったくなかった。だが克則が望むような恋愛関係がどういうものなのか、まだよくわからない。ゲイという人たちの付き合いとはいったいなんだろうかと、基本的な疑問が湧いてきていた。

なので、とりあえず「時間がほしい」と言っておいた。即座に断らなかったことで、克則は感激しているようだった。その様子を、かわいいと思った。大きな体を丸めて、いまにも清彦の足先にくちづけそうな克則。愛を受け入れると告げたら、どれほど喜ぶだろうか。そのときを想像するだけで、清彦は満たされた。

それからも克則は変わらずに今泉邸まで清彦に会いに来た。以前と変わったことといえば、清彦と二人きりになりたがることだろうか。さすがに兄が同席している場では口説《くど》けないのか、二人きりになったとたんに「愛している」と囁《ささや》いては、「大切にする」と手を握ってきた。

清彦は気分がよかった。愛の囁きとは、これほど心を満たすものだったのかと、ひとつ学んだ。克則はすでに自分のものになっているも同然だったが、確固たるものにするには、言葉ではっきりと伝えなければならないだろう。

克則の告白を受け入れるということは、つまり恋人になるということだ。

高校生で恋人をつくるのは普通だと知っていた。同級生の中には、中学時代からすでに恋人がいて、セックスありの付き合いをしている者もいた。ただ清彦は恋愛に興味がなく、とくにセックスしたいとも思わなかったので、学校で告白されても断っていた。

自分がだれかの恋人になる、あるいはだれかを恋人にする――。不思議な感覚だったが、相手が克則なら悪くはないと思えた。

基本的に真面目《まじめ》な清彦は、男同士のセックスについても勉強した。克則は大人なので、当然、セックスありの付き合いを求めてくるだろうと考えてのことだ。いまはインターネットでたいがいのことは検索できる。セックスの方法や準備、そのためのグッズなどを知ってとても驚いたが、清彦は克則にならすべてを許せると思った。

克則は自分を愛している。酷《ひど》いことはしないだろう――。それほどに信頼していた。

清彦は告白から半年後の十六歳の誕生日に、「恋人になってもいい」と克則に言った。

今泉邸でささやかな誕生日パーティーが開かれ、両親と兄、祖父母と克則が揃っていた。家族だけのつもりだった両親に克則も招待したいと言ったのは清彦だ。親しくしているのを知っていた両親は、なんの疑問も抱かずに克則を呼んでくれた。

食事会が終わったあと、清彦は克則を庭の散策に誘った。初秋の日本庭園では、中秋の名月をすこし過ぎた月が明るく輝き、幻想的な陰影をつくっていた。その中を、静かにゆっくりと歩く。清彦が前を行き、克則が従僕のようについてきていた。克則がすぐ後ろにいることを、清彦は微塵も疑っていなかった。

「長谷川さん、半年も待たせてしまって、すみません」

いきなり切り出した清彦に、克則が緊張したのがわかった。足をとめて振り返り、長身の克則を見上げる。はじめて会ったときから六年たっていたが、身長差はすこししか埋まっていない。これからどこまで縮められるのか、清彦自身にもわからなかった。

克則はなにを告げられても耐えられるようにか、ぐっと奥歯を嚙《か》みしめたのが見て取れた。その悲愴《ひそう》ともいえる目つきに、清彦はなんだかおかしくなってくる。

「僕の恋人になってくれますか？」

訊《たず》ねる口調ではあったが、これはほぼ命令に近い。一瞬、ぽかんと口を開けた克則だが、急いで頷いた。慌てたように清彦の手を握ってくる。

「な、なる、恋人に、なる。なりたい。君の恋人に、してくれ」

克則の目が潤んでいた。心から感激している様子に、清彦は触れられている指先から足先までが温かな感情に満たされていくのを感じた。すべてに満たされた生活を送ってきたが、これほどの幸福感ははじめてだった。

「清彦君、俺はとても嬉しいが……いいのか？　本当に？」

半信半疑という克則を、清彦は安心させてあげたいと思い、有効な言葉を探した。

「僕ははじめて会ったときから、長谷川さんを素敵な人だと思っていました。告白されて驚きましたが、この半年間、じっくりと考えて……決めました。だから……」

「ああ、清彦君っ」

手をぐっと引っ張られて、克則に抱きしめられた。すっぽりと覆うように抱きすくめられて、清彦は唖然《あぜん》とする。克則の大きさはわかっているはずだったが、こんなふうにされてみてあらためて実感した。ぎゅっと分厚い胸板に押しつけられるようにされて、克則の心臓がとんでもなく早く鼓動していることに気づいた。

「愛しているよ、愛している……君だけだ……」

つむじに囁かれて、さらに背中を大きな手で撫《な》で下ろされて、清彦はぞくっとした。嫌悪なんかではない。ぜんぜんちがう種類の心地良さに、清彦ははじめて羞恥を感じた。じわっと頬が熱くなっていくのを、自制しきれない。自分の体なのに制御できないことがあるなんてと、清彦は衝撃を受けた。

怖い、恥ずかしい——けれど嫌じゃない。克則に抱きしめられると、全身がふにゃふにゃになっていって、立っていられなくなりそうだった。

どうしよう、こんなとこで倒れたら、服が汚れてしまうし、足元に生えている年代物の苔《こけ》が台無しになってしまう。

清彦は克則のスーツに縋《すが》りつき、助けを求めるように顔を見上げた。真摯に見下ろしてくる克則と視線が絡む。ゆっくりと克則が顔を近づけてくるのを見て、清彦は焦りながらも目を閉じた。

キスをされる。これはキスだ。キスにちがいない。克則とキスをするのだ。

直後に、ふわっと唇に柔らかで温かいものが触れた。急いで目を開けると、鼻先が触れそうな至近距離に克則の顔があった。嬉しそうに微笑む克則に、清彦は確かにキスをしたのだとわかった。遅ればせながら心臓がばくばくと躍りはじめる。

克則とのファーストキスは、月光が降り注ぐ今泉邸の庭園でだった。

触れるだけのキスに唇をじんじんさせて、ぽうっとしたまま克則と見つめあっていると、どこかで息を呑む音が聞こえた。

「お、おまえたち、なにをやっているんだ…っ！」

二人を探しに来たらしい重彦が、飛び石に躓《つまず》きそうになりながら駆け寄ってきた。月の光のせいではないだろう、青ざめて頬を引きつらせている。抱きあっている清彦と克則を、すこし乱暴に離そうとした。

「離れろ、離れろっ！」

「待て、重彦、落ち着け」

克則は抗《あらが》って、清彦を離そうとはしない。二人の間で揉《も》みくちゃにされている清彦は唖然とするばかりだ。

「これが落ち着いていられるか！　おまえ、清彦が大人になるまで待つんじゃなかったのか！　まだ十六だぞ。大人になってないのに、もう手を出したのか！」

重彦がわめいた言葉から、克則はすでに恋心を兄に知られていたのだとわかった。いつどんな経緯があって知られたのかは不明だが、そのときに清彦が大人になるまで待つと約束したのだろう。

清彦は秘かにムッとした。当事者抜きでそんな取りきめをしてもらっては困る。確かに清彦はまだ子供だが、大切なことを勝手にまわりの大人たちが話し合うことほど腹立たしいものはない。すこしくらいは本人の意見を聞いて、検討してもらいたい。

「手を出すって、キスをしただけだ」

「キ、キ、キスぅ～？　俺の弟に、汚れた大人のおまえがくちづけたのか？　清彦の唇を奪ったというのか！　けしからん！　清彦が汚れるだろうっ！」

「だれが汚れた大人だ。清彦君に告白してからは清く正しい生活を心がけてきたんだぞ」

「告白？　いつ告白したんだ？　いつのまに告白なんかしたんだっ」

「半年前だ。それでいまやっとＯＫの返事をもらった」

「は、半年前に告白ぅ？　ＯＫの返事？　おい、俺は聞いてないぞ。いったいどうしてそんなことになったんだ！　克則、説明しろ！」

重彦は半狂乱になって、克則に摑《つか》みかかる。やはり清彦は蚊帳《かや》の外だ。

「いいかげんにしてください」

大声ではなかったが、清彦の凜《りん》とした声は大人二人の口げんかをぴたりととめる威力があった。抱きこまれていた克則の腕の中から出た清彦は、兄を冷静な目で見上げた。

「兄さん、長谷川さんは今日から僕の恋人になりました。汚れるなどと的外れな言葉で侮辱することは、僕が許しません。いいですね」

きっぱりと言い切って克則を擁護した清彦に、重彦は涙目になっている。わなわなと唇を震わせて、ちいさく「清彦……」と呟《つぶや》いた。清彦はもう高校生だ。いつまでも家族のマスコットではいられないことなど、兄もわかっているはず。これを機に、弟との距離の取り方を考え直してほしいものだ。

清彦はこんどは克則を見上げた。さも愛しそうに甘いまなざしを向けられて、清彦は赤面しそうになった。たったいま、この男に抱きしめられてキスをしたのだと思い出してしまいそうになる。しかしあからさまに照れてみせるのは、清彦のプライドが許さなかった。くっと顎を上げて姿勢を正す。

「長谷川さん、僕は自分の意思であなたを恋人にすると決めました。家同士の利害は一切関係ありません。今後、兄の言うことになど振り回されないように、お願いします」

「もちろん、俺たちの恋愛に利害関係は微塵もないよ。わかっている。あるのは、純粋な愛情だけだ。ただ、君の兄さんが心配していることは、俺も最低限守っていかなければならないことだと理解している」

「…………なんのことです？」

清彦はとぼけているわけではなく、本当にわからなくて小首を傾げた。克則が苦笑して、手を伸ばしてくる。そっと頬に触れられて、清彦はまた背筋をぞくんとさせた。克則に触れられるのは気持ちがいいと、はっきり自覚する。

「俺は君を大切にしていきたい。だから、大人になるまで我慢するよ」

「……我慢……？」

「清彦君が二十歳になるまで、俺は手を出さない」

なんですと？

清彦は思ってもいなかった克則の宣言に、耳を疑った。

二十歳？　二十歳だって？　まだあと四年もあるのに、手を出さないだって？

この男は正気かと、清彦は驚きのあまり二の句がつげない。

そんな清彦のショックにはまるで気づかず、克則は右手で拳《こぶし》をつくり、おのれの胸に当てている。

「俺は耐えてみせるよ。本当はいますぐにでも君がほしいけれど、重彦が言うように、まだ十六歳だ。犯罪になってしまうし、なによりも、君の体が未熟だと思う。大人になるまで、俺は行儀よく待つ」

こういう場合、ちょっと待て、なに勝手に決めてんだと即座につっこみを入れればいいのだが、育ちのいい深窓の令息はそれを知らなかった。

「あの、長谷川さん……それ、本気ですか」

「大丈夫、俺は待てるよ。愛する君のためだからね」

克則はぴかっと頑丈な笑顔を向けてきた。もう心に決めているとわかる笑みに、清彦はなにも言えなくなる。にわかに頭痛を覚えた。

せめて十八歳にしてくれないだろうか。克則は我慢するのが自分だけだと勘違いしている。同時に清彦も待たせることになるのだと、なぜ気づけないのか。

経営の才能があり、非常に頭が切れると評判の克則だが、恋愛の機微においてはまったくの無能らしいと、清彦はため息をつきたくなった。

「清彦君が二十歳になったら、すべてをもらうよ。いい？」

清彦は心底、異議を唱えたかった。だがここで、もっとはやく奪ってほしいなどとはしたないことは言えない。ファーストキスを終えたばかりの初心《うぶ》な清彦は、性に関する好奇心を押し殺して、しおらしく頷くことしかできなかったのだ。

それからの克則は本当に手を出してこなかった。忙しい仕事の合間を縫って清彦に会いに来てくれ、たまの休みにはデートにも連れていってくれたが、健全すぎるほど健全。夏は所有しているクルーザーに乗せてくれたり、避暑地の別荘で勉強をみてくれたりした。どれほど長時間、二人きりでいても、せいぜい手を繋《つな》ぐていどだ。清彦がそっと身を寄せれば肩を抱いてくれるが、髪にキスをしてくれるだけ。

毎年の誕生日には薔薇の花束を贈ってくれた。祝いの言葉だけで帰っていく克則の後ろ姿を見送る清彦が、どれほど切なく感じていたか知っているのは、薔薇の花だけだった。

クリスマスには夜景が美しい高層ホテルのレストランでディナーを味わった。高校三年生のクリスマス時、清彦はすでに十八歳になっていた。もう都の条例には違反しない。いくら二十歳まで待つと宣言したとしても、さすがに克則ももう我慢の限界だろうと、清彦は期待していた。ホテルのレストランでディナーなら、期待しないほうがおかしいだろう。このホテルのスイートルームを押さえてあると、克則がいつ言い出すか待った。だが、克則は食事を終えると、清彦を今泉邸まで紳士的に送り届けてくれた。出迎えの使用人たちの前では平静を装っていたが、自分の部屋に入るなり、清彦は情けなくて涙がこぼれた。

期待した自分がバカだった。期待させた克則に腹が立った。いくらなんでも紳士すぎるだろう。すこしくらい融通をきかせてくれてもいいのに。だれにも打ち明けられない怒りは持続して、年を越した。けれど年始の挨拶に来た克則の笑顔を見てしまえば、ただ会えて嬉しいとしか思えなくなって、誘われるまま、二人で初詣《はつもうで》に行った。人混みの中、手を繋いで神社にお参りした。はぐれないようにと、克則はずっと清彦の手を握ってくれていた。大きな手がしっかりと清彦を捕まえてくれていて、目の前を広い背中が壁のようになって守ってくれている。やっぱり好きだと、清彦は泣きそうになりながら歩いた。

朴訥《ぼくとつ》としていて恋愛の機微には疎い克則だが、イベント事は欠かしたことがなく、いつもスケジュールを調整して清彦と過ごしてくれた。それが克則ほどの立場になるとどれほど大変なことなのか、清彦は想像がつく。父と兄を見ていれば、社会に出た経験のない清彦にも、克則の努力はわかった。

恋人として、克則はおそらく完璧だろう。清彦だけを愛し、清彦を喜ばせることに尽力し、大切にしてくれる。

ただ——性的な接触は一切ない。かろうじて、触れるだけのキスは何回かしてくれた。そのほんの一瞬の触れ合いが、恋人らしい行為といえば行為だろう。おかげで清彦は、清い体のまま年だけを重ねた。

高校を卒業した清彦は大学生になった。系列の大学に推薦ですんなりと入学したため、とくに感慨深くはなかったが、二十歳の誕生日まであと一年半になった——ということだけは心に刻んでいた。

大学ではあたらしい友達ができた。小関守《こせきまもる》という、おなじ学部の学生だ。

「ここ、座ってもいい？」

ある日、構内のカフェテリアで本を読んでいた清彦の前に、一人の学生が座った。それが小関だった。甘い顔立ちのすらりとした若者で、てろりとした素材のシャツとブラックデニムというシンプルな出で立《いた》ちだ。さりげなく着こなしているが、良質なものであるのは見てとれた。洒落《しゃれ》たデザインのショルダーバッグを隣の席に置き、若者は清彦に笑いかけてくる。

「友達になりたいんだけど」

いまどき小学生でもやらないようなアプローチに、清彦はしばし固まった。

「あー……、不審者とは思わないでほしい。と言っても、無理かな。素性を調べたいなら、してくれてもいいよ。ごく普通の家庭で育った、ごく普通の学生です」

清彦はじっと小関を見つめた。そのひととなりを目だけで捉えるのは難しい。

「……小関守」

「名前、覚えてくれた？」

「覚えた。小関、調査するが、いいか？」

「構わないよ。調べられて困ることはなにもない」

自信たっぷりに微笑む小関の様子から、おそらくそれは本当だろうと思われた。きちんと調べさせるつもりだが、もしかしたらちょっと調べただけではわからないほど巧妙に悪意が隠されているのかもしれない。

もしくは、小関に清彦のバックボーン以外の目的があるのかも――。脳裏に克則の顔がチラつく。

「ひとつ、質問していいか」

どうぞ、と小関はてのひらを清彦に向けてきた。

「小関はゲイか？」

ストレートに聞いてみたら、小関は軽く目を見開いて驚いた様子だ。その驚き方は、考えてもみなかったというものではないように見えた。清彦が直截《ちょくさい》的な言葉で質問したことを、意外だとびっくりしている。

「俺はゲイじゃない……と思う。いまのところ同性に対して恋愛感情を抱いたことはないよ。念のために言っておくけど、俺は君をそういう意味で興味深く思っているわけじゃない」

「恋人はいる？」

「いまはいないけど、高校時代にいたよ」

「セックスの経験は？」

「またすごい質問だな。経験はある。ちなみにアブノーマル嗜好《しこう》はない」

小関は真面目な顔で答えたが、片頬がひくひくと不自然に動いている。どうやら笑いをこらえているようだ。

「俺にゲイかと聞くくらいだから、過去に男から秋波を送られたことがあるんだな？」

「僕の恋人は、男だ」

「おや、そうだったのか」

これには本気で驚いたようで、小関はぱちぱちと瞬きした。だがそれだけだ。カミングアウトしても引かないところは気に入った。

「そっか、今泉はゲイか……。わかる奴にはわかるのかな」

小関はなにやら考えこんだ。しばらくテーブルを凝視していたかと思ったら、顔を上げてちらりと左右を見渡す。視線でなにかを探しているようだなとピンときた。

「あのさ……」

「なんだ？」

「おなじ学部の中野《なかの》って奴、知っているか？」

「いや」

「ちょっと気になっていたんだ。君を観察していると、だいたい俺とおなじように中野も君を見ている。見つめ方がどうも俺とは方向性が違うように感じるんだけど、それがいったいなんなのかわからなかった。でも、もしかしたら……」

「その中野という男が、ゲイかもしれないと？」

「断言はできない。それにもしそうだとしても、見つめているだけでなにもしていないのに咎《とが》めることはできないよね」

「べつに、見るだけなら構わない」

なにもしてこなければ、清彦にとってその人間は存在していないのとおなじだ。そう言うと、小関は楽しそうに笑った。笑わせようとしたわけでもないのに。

「やっぱり今泉は面白いよ」

きっと小関は悪い奴ではない。調査の結果、なにも出てこなければいいなと思った。

今泉グループの中には、調査会社もある。今泉リサーチというその会社は、契約相手となる会社の業績を調べるために父や兄が使うこともあれば、一般的な個人の浮気調査なども請け負う。清彦のような未成年者でも、今泉の名前を出せばここなら二つ返事で依頼を受けてくれるので、過去にも利用したことがあった。

その日のうちに、小関と、小関が名前を上げた中野という男についての調査依頼を出した。

一週間後、今泉リサーチから清彦の手元に調査結果が届いた。

小関は都内の実家から通学していて、家族構成は両親と高校生の妹、となっている。小関は自分のことを「ごく普通の家庭で育った、ごく普通の学生」と説明していたが、報告書にはごく普通とはかけ離れた家庭であることが書かれていた。

父親がオーキッド化粧品という会社の社長だった。

オーキッド化粧品という社名はほとんどの日本国民が知っているだろう。社名に「化粧品」と入っているが、製造販売しているものはそれだけではない。洗顔石鹼《せっけん》からシャンプー、ハンドソープなどの日用品も多く、テレビでは各商品のCMが一日中流れている。会社の年商は数千億円に上る。ただ歴史は浅い。創業は戦後だ。小関の父親は三代目だが、創業者の家系ではない。一社員から出世して、社長まで上り詰めたらしい。小関家が現在住んでいるのは身分に相応《ふさわ》しい豪邸だが、引っ越したのは十年前で、小関家の息子と娘が生まれ育ったのは千葉《ちば》県の海沿いの町だった。

小関守の簡単な生い立ちも箇条書きされていたがとくに問題はなく、清彦は安堵した。

中野についての報告書にも、とくに気にかかるところはなかった。中野将太《しょうた》、静岡《しずおか》県出身で、大学の寮に暮らす同い年の男だ。添えられていた隠し撮りの写真には、ごく普通の大学生が写っている。中肉中背で、一重の目に鷲《わし》鼻、頑丈そうな顎をした顔には見覚えがなかった。おなじ学部のはずだが、記憶にない。おそらく目立つ学生ではないのだろう。寮の近くのコンビニエンスストアでアルバイトをしている。

ざっと目を通して、清彦は中野のことを忘れた。

その後、清彦と小関は友人になった。小関がなぜ清彦に声をかけたのかという理由は、のちに打ち明けられた。庶民育ちの小関だが、父親が思いがけず出世してしまい、セレブになってしまった。寄ってくる人間たちの防波堤が必要だった……という理由にはすこし驚いた。だが不愉快には思わなかったので、友人であることは変わらない。

入学時はだれとも付き合っていなかった小関だが、しばらくすると恋人ができた。妹の友達だという。女子高生に惚《ほ》れられて、嬉しそうだった。やがて二人が深い関係になったのが感じられて、清彦は口には出さなかったが羨《うらや》ましくて仕方がなかった。あいかわらず克則は清彦になにもしてこない。もう大学生になったのだから、手を出してもだれも咎めないと思うのだが、頑固一徹の日本男児である克則は、最初にたてた誓いを破ろうとはしなかった。

清彦がもっとあからさまに誘ったり、セックスしたいとはっきり欲望を伝えたりしていれば状況は変わったかもしれない。だがそんなはしたないことは言えなかった。それに、克則は清彦を神聖視しているところがある。清らかな少年は、性欲なんかあってはならないと思いこまれているとしたら、現実の清彦を知ったとたんに幻滅するかもしれない。

会うたびに「愛している」と囁いてくれる克則。うっとりと見つめては、手を握ってくれる。清彦も握り返す。想いをこめて。

抱きしめて、すべてを奪ってほしいと目で訴えるが、克則は微笑むだけだ。気づいているのか、気づいていないのか、それすらもわからない。わかっていてはぐらかしているなら、清彦の気持ちを無視している冷たい男だと悲しくなる。逆に、まったくわかっていないとしたら、もう永遠にセックスなんかできないのではないかと途方に暮れそうになる。

面倒くさい男に惚れてしまったものだ。十六歳の誕生日からずっと、焦《じ》らされて焦らされ続けて、清彦の欲求不満は根深い。

悶々《もんもん》としている清彦のもとに、ときおり、克則がご機嫌伺いのようにやってくる。

清彦が大学二年生になり、あと数日で四月末からの大型連休がはじまるという、ある平日の夜、克則が今泉邸にやってきた。会社から直行してきたと思われる克則は、すこし疲れているのか憂いを含んだ表情だった。なにか不手際でもあったのかと気にかかったが、男の色気が滲《にじ》み出ているような克則の佇《たたず》まいに、清彦は内心でどきどきしていた。

「こんばんは、清彦君」

「こんばんは」

いつものリビングで克則を迎える。冷静を装っている清彦を、克則がじっと見つめてきた。心の中では高揚していることを、きっと克則は気づいていない。清彦の顔がお気に入りらしい克則は、熱い視線を注いでくる。熱量を感じるほどのまなざしには、確かに愛がこめられていた。

「座ってもいいかな」

「どうぞ」

清彦が正面のソファへと促すと、克則はそこに腰かけた。

「ひさしぶりだね。元気そうだ」

「元気ですよ。昨日も電話で話しました」

「そうだね。でも声だけでなく、やっぱりこうして顔を見たかったから、会えて嬉しいよ」

会えて嬉しいと言ってもらえて、清彦も嬉しい。ここで「僕も」と返せたらいいのだが、下手に出るようで、なかなか言えない。

「今日はなにか変わったことは?」

「とくにありませんでしたが……新入生へのサークル勧誘の時期が過ぎて、やっと大学内が静かになってきました」

「そうか」

たいした情報ではないのに、克則は笑顔で頷いてくれる。

「長谷川さんは、なにかありましたか」

「俺はいつものように仕事だった。馬車馬のように働かされているよ。やりがいがあってそれはそれでいいけど、自分の時間がなかなか持てないのが辛いところだ。君に会う時間がどんどん削られている……」

そこまで言って、克則は黙りこんだ。視線を泳がせて、なにか逡巡《しゅんじゅん》しているようなそぶりをする。

なんとなく、嫌な予感がした。

「清彦君、じつはひとつ、謝らなければならないことがある」

「……なんでしょうか」

思わず身構えてしまう。克則が謝罪することとは、いったい……。

「今年は夏休みが取れそうにないんだ。君と別荘に行くことはできないかもしれない」

最悪な予告だった。

楽しみにしていたのに。毎年、二人で訪れている避暑地の別荘。克則は一週間ほど休みを取り、清彦とゆっくり過ごしてくれる。多忙な克則とたっぷり一緒にいられるのは、このときくらいしかないのだ。湖畔を散歩したり、買い物をしたり、木陰で本を読んだり——。

いつも色っぽい展開にはならないが、今年はもしかしたら克則が一歩を踏み出して抱きあえるかもしれないという期待もあった。ムードが高まれば克則もその気になるかもしれないと。

清彦はあからさまにがっかりした顔をしそうになり、意識的に平静を装った。いつになく悄然《しょうぜん》としている克則も、絶対に夏休みを楽しみにしていたはず。ここで清彦が悲しんだり怒ったりしては、克則を責めることになってしまう。

意図的に夏休みを取り消したはずはない。きっと仕事が忙しいのだ。

波立ちそうになる気持ちをなんとか落ち着けようと、清彦は自分にそう言い聞かせる。

「すまない。毎年恒例の避暑を、俺も楽しみにしていたんだが、どうにもこうにもスケジュールの調整がつかなくて」

「……お仕事ですか」

「まだ発表していないが、一大プロジェクトが動き出していて、それの陣頭指揮を執るのが俺なんだ」

「それは、すごいこと、なんですよね？」

「ああ、まあね」

「頑張ってください。僕のことなど気にしないで、お仕事に集中してください」

「頑張るつもりだけど、すまない……」

「いえ、僕は大丈夫です、今年の夏は家にいます。一人で行ってもつまらないですし」

一人で家にいてもつまらないだろう。克則がいないのなら、どこにいても一緒だ。

それからしばらくは清彦が履修する予定の講義と教授について一時間ほど話をし、克則は腰を上げた。

「じゃあ、また」

席を立った克則を見上げる。引きとめたいが、これ以上遅い時間になると、清彦の睡眠時間が削られる。清彦自身は構わないが、重彦がそれを知ったらうるさく口を出してくるだろう。いつでもどこでも克則との付き合いに口を出したがっている重彦に、余計な口実を与えたくない。

「また連絡するよ」

「はい」

清彦は、来客を玄関で見送ることはしない。見送りは使用人の仕事だからだ。克則とはいつもここで別れる。つぎに会えるのはいつだろうか。一週間後は無理だろうか。では一カ月後か。もしかしたら二カ月後になるかもしれない。それなのに、たった一時間で帰ってしまう。

そのままリビングを出ていくかと思われた克則が、テーブルを回りこみ、清彦の座るソファの横に膝をついた。

「清彦君……」

清彦の手を、克則が恭しくささげ持つ。その甲に、そっとキスを落とされた。唇が触れたところが、じんと痺《しび》れるように熱くなる。じわりと腕から体へと伝わってくる熱に、清彦は瞳を潤ませた。

「清彦君、愛している……」

「………」

清彦は無言のまま、目元だけをほんのりと薄桃色に染めて、克則を見つめた。

この男は自分だけのものだ。そう信じられる。もっともっと触れてほしいという欲求が、体の奥底からこみあげてくるが、言葉にはできない。

克則はひとつ息をついて、静かに清彦の手を離した。「おやすみ」とだけ言葉を残してリビングを出ていく。一度も振り返らなかった。振り返っていたら、清彦の顔に失望が浮かんでいたことを知っただろう。なぜ失望しているのか原因に思い至ることができたら、二十歳まで待たずに抱きしめてくれていたかもしれない。

閉じられたリビングのドアを、清彦は恨めしげに睨《にら》む。

手の甲にキスをしただけで帰ってしまった恋人を想い、憂鬱《ゆううつ》なため息をついた。

あと半年で二十歳になる。たった半年だ。もうあんな誓いなど破ってほしいのに、克則の態度は変わらない。そのブレのなさは、さすが大企業を背負って立つ人物だと揶揄《やゆ》したくなるほどだ。

「夏休みが取れない？　なんてことだ……。僕を優先できないプロジェクトってなんだ。そんなもの、潰《つぶ》れてしまえばいいのに」

いや、潰れたら克則は困るだろう。本当に潰れてほしいなんて、清彦も思っていない。

ただ、悲しかった。じわりと涙まで滲んでくる。泣き顔なんて、克則には見せられなかった。余計な気を遣わせたくない。いい恋人でいようとすると、とても疲れる。不満がどんどん溜まる。

本当はもっと会いたい。もっと話をしたい。もっと顔を見たい。そして、抱きあいたい。

ごく普通の十九歳らしい恋愛を味わいたい――と切望する清彦は、育ちも容姿も自分がごく普通の十九歳ではないということに気がついていなかった。


はじめて避暑地の別荘に行かなかった夏休み。清彦は暇だったが、平均的な大学生のようにアルバイトに精を出すという発想はなく、自宅で本を読んだり庭を散歩したりと、ほとんど隠居した老人のようなひっそりとした生活を送っていた。

夏休みが取れそうにないと言っていた通り、克則はかなり忙しいようで、なかなか会いに来てくれなくなっている。電話とメールはあいかわらずこまめに寄こしてくるが、清彦はもう諦めの境地に達していた。

克則が言っていた「一大プロジェクト」は最近になって発表された。長谷川グループがなんと航空業界に参入するのだ。格安航空会社を立ちあげて、アジア圏から観光客を引き寄せる。そして長谷川グループが手掛けている商業施設を絡めた観光ルートを作り上げる構想らしい。

悠長に恋人と避暑地で休めるはずがない――と、清彦は正式発表の詳細が報道された新聞を読みながら、ため息をついたのだった。

「清彦、盛大に祝うぞ」

いきなり、そう宣言したのは兄の重彦だ。

「今泉家の至宝である清彦が二十歳になるんだ。これを盛大に祝わずしてどうする」

昼下がり、いつものように冷房のきいたリビングでのんびりと熱い紅茶を楽しんでいた清彦の前に、重彦は企画書を広げた。老舗《しにせ》ホテルのボールルームを借りて、親族一同だけでなく、政財界の重鎮を招き立食パーティー形式にすると書かれている。招待客は五百人ていどの予定らしい。今年の清彦の誕生日は平日なので、その三日後の土曜日の夜にパーティーを開くようだ。

清彦は「そうですか」と相槌《あいづち》を打っただけで異議は唱えない。どうせ清彦がなにを言おうと、重彦はどんどん企画を進めるだろう。それにこうして書面になっているということは、両親がGOサインを出したことにほかならない。

「いままで家族単位でしか誕生日を祝ってこなかったのは、ひとえにおまえをあまり人目に晒《さら》したくなかったからだ。世の中の有象無象《うぞうむぞう》とは関わりを持たない方が、清彦がきれいなままでいられると思った――。だが、もう二十歳。いつまでも今泉家が独占して隠しておくわけにはいかない。おまえも大人になるわけだから、世間という修羅《しゅら》に羽ばたいていかなければならないのだ」

重彦の舞台俳優ばりの長ゼリフを、清彦は半分以上、聞き流していた。

「僕は隠されていたのですか。学校には毎日行っていましたが」

疑問を抱く発言にはつっこみを入れたが。

「学校など行かせずに家庭教師をつけるという道もあったが、さすがにそれでは世界が狭すぎるだろうと思い、通わせることにしたんだ。ただし登下校は車で送迎という条件をつけて」

「なるほど」

確かに清彦は電車やバス等の公共交通機関に乗った経験がほとんどない。学校以外へはあまり出歩かないので、不便に思ったことはなかった。

「これが招待客のリストだ。今泉家の親類と、グループ企業の関係者、懇意にしている政治家、その他いろいろ。清彦が呼びたい友達がいたら、教えてくれ」

「そうですね……小関を招待しましょうか」

「小関？　どこのだれだ？」

そういえば重彦には小関の話はしていなかったかと、清彦は大学で知り合った同期生だと説明した。

入学直後から友人関係は続いているので、もう一年半ほどの付き合いになる。清彦がまったく遊ばないので小関と会うのはほぼキャンパス内だけだが、履修科目が九割がた重なっているので、毎日会っている。会えばランチをともにして、空いた時間は図書室で一緒に勉強することもある。いつもべったりというわけではないが、いま一番仲が良いのは小関だろう。

「身元は確かなのか？」

「知り合ってすぐに今泉リサーチに調べさせました。小関はオーキッド化粧品の現社長の息子です」

「ああ、そうなのか。だったら招待しても不都合はないな」

「はい」

招待客リストに小関の名前を書き加えた。リストには当然、克則の名前もある。もちろん清彦の恋人という立場ではなく、長谷川グループの代表として招待されるのだ。個人的な会話ができる時間などないかもしれないが、顔を見られるだけでも嬉しい。

重彦との話を終えて自分の部屋に戻ると、携帯電話が電子音を発していた。小関から電話がかかってきていた。

「もしもし、なに？」

『いや、急用とかじゃないけど、どうしているかなと思って。夏休みに入る前、なんか気落ちしているっぽかったからさ』

「ああ、そうだな……」

これから長い夏休みがはじまるのに恋人と会えないとわかっている寂しさから、清彦は小関に心配をかけるほど意気消沈していたらしい。

『ずっと家庭教師のアルバイトをしていたんだけど、ちょっと休みができたから、今泉はどうしているのかなと思って。暇なら出てこない？　お茶でも飲もうよ』

「そういうときは、彼女とデートをするものではないか？」

『いやぁ、彼女は家族旅行に行っちゃってて』

「僕は次点か」

『まあまあ』

小関は電話の向こうで快活に笑っている。確かに暇だし、一人でじっとしていると余計なことばかりを考えてしまいそうなので、出かけることにした。

車を出してもらい、指定されたカフェの近くまで連れていってもらう。ここのところ天気予報では酷暑と表現される暑さが続いているのは知っていたが、昼間の外気は殺人的な温度に達していた。車を下りてすぐに、全身からドッと汗が吹き出してくる。くらりと眩暈《めまい》がして、とっさになにかに掴まろうとした清彦は、背後から伸びてきた腕に抱きとめられた。

「大丈夫か？」

若い男の声に、清彦は緩慢に振り返る。はじめて聞く声のはずだが、一重の目と鷲鼻の顔に見覚えがあるような気がした。学生だろうか。黒いTシャツにデニムという格好で、キャップをかぶっている。

「……ありがとう」

体勢を立て直し、清彦はすぐにその男から離れた。なんだか好感の持てない男だったからだ。男はなにも言わない。清彦は無言で会釈だけして、早足でカフェに向かった。大学近くのこのカフェは、いままでに何度も利用したことがある。暑さのせいかテラス席にはだれもいなかった。ドアを開けて店内に入ると、クーラーで冷やされた室温にホッとする。

「おー、ここ」

店員が清彦を空いているテーブルに案内するより早く、奥の席から小関が手を振りながら声をかけてきた。Ｔシャツとデニム姿の小関は、テーブルの上に携帯タブレットと雑誌を乗せてアイスコーヒーをすすっている。一カ月ほど会っていなかったが、すこし日に焼けただろうか。

清彦は小関の正面の席に座り、水を運んできた店員にアイスコーヒーを頼んだ。

「ひさしぶり。おお、坊ちゃんは真っ白いままだな。どこにも遊びに行っていないのか？」

「行っていない。小関はどこかへ行ったのか？」

「レジャーってものはしていないが、家庭教師のほかに、屋外プールの監視員を二日ほどやったんだ。高校のときの友達にピンチヒッターを頼まれちゃってさ。これがもう暑いのなんのって」

「……想像だけで暑そうだな」

「暑いよ。絶対に今泉にはできないバイトだ」

「する気はない」

あっさり清彦は切って捨てた。小関はあははははと笑う。

アイスコーヒーを飲んでいて、ふと思い出した。さっきの男――あれは中野ではないだろうか。一年前、調査報告書に添えられていた写真によく似ている。おなじ学部のはずの中野という男を、清彦はまったく認識していなかった。報告書で見たあとも、存在自体を忘れていて、教室で見たかどうか覚えていない。大学を辞めていないのなら、近くにいるはずなのだが。

「どうした？」

急に黙った清彦を、小関が不審がって覗《のぞ》きこんでくる。

「……中野のことだが」

「中野？　あいつがどうかした？　なにかやった？」

そういう言い方をするということは、まだ中野は大学にいるのだ。小関の眉間には皺が寄っている。

「たったいま、この店の前でばったり会った」

「えっ？」

小関がドアを振りかえり、大きな窓の向こうを見たが、中野の姿はない。

「あまりにも暑くて立ちくらみをおこしかけたら支えてくれたのが、中野だった」

「それ、偶然かどうか……なんて、今泉にわかるわけないか。でもいまは夏休み中だし、ここはウチの学生の溜まり場みたいな店だし、偶然かな」

「偶然だろう」

清彦は中野から感じた違和感のようなものは、忘れることにした。特に気にとめておかなければならないとは思えなかったからだ。

「まあ、あいつのあの感じだと、今泉にちょっかいをかける勇気なんてなさそうだから、大丈夫かな」

「そうだな」

どうでもいいのでいいかげんに相槌を打ち、「それよりも」と清彦は誕生日パーティーの招待状がもうすぐ届くことを予告する。

「誕生日パーティーか。Tホテルなんて、豪華だなぁ」

「招待客の中で僕の友達は小関だけだ。出席してほしい」

「わかった、最優先でスケジュールに入れておく。行くよ。ちゃんとしたスーツを着ていかないとまずいよな。秋物のスーツか……。新調しようかな」

小関は携帯端末のスケジュールを眺めながらぶつぶつと呟いている。清彦はテーブルに広げてあった雑誌が、経済関係のものだといまごろ気づいた。ページの見出しに長谷川グループの名前がある。小関も清彦も経済学部だ。清彦はほかに興味を引くものがなかったから消去法で選んだ学部だったが、小関は見かけの軽さからは想像できないほど真剣に勉強している。そういう人間にとって長谷川グループの動きは面白いにちがいない。きっと日本本社の副社長で、航空業界参入の責任者になっている克則の顔と名前くらいは知っているだろう。もしかしたらその雑誌に克則のインタビューくらいは掲載されているかもしれなかった。

「あ、そうだ。そのパーティーに、今泉の例の恋人って来るの？」

すごいタイミングで訊ねられて、清彦はあやうくアイスコーヒーを吹いてしまうところだった。

「……一応、出席という返事はもらっている」

「おお、じゃあ会えるのかな。楽しみだ。紹介しろよ」

きっと小関が知る人物だよ、とはまだ言えない。物事にはタイミングというものがある——というのは建前で、清彦の心の準備が整っていなかった。

「そうだな……彼が仕事の都合で欠席しなければ、紹介しよう。たぶん出席できる、と聞いたから」

「たぶん、なのか？　恋人の誕生日パーティーだろ。なにがなんでも出席しないとダメじゃん」

「彼は忙しい人だ。この夏は休みが取れなくて、僕と別荘に行くこともできない」

つい愚痴がこぼれた。「なんだ」と小関が苦笑する。

「それでしょんぼりしていたのか。そっか、別荘に行くことになってたんだ？」

「……毎年恒例の、夏休みの過ごし方だった……」

仕方がないことだと諦めて、もう考えないようにしていたのに、言葉にしたとたんに悲しみとか虚《むな》しさとか悔しさが蘇ってくる。むくれた顔になった自覚がある清彦は、ため息をつきながらテーブルに頬杖をつく。

「その別荘って国内？　だったらほんの三日でも休みがあれば行けるんじゃないの。それすら休めないって、いったい彼氏はどんなブラック企業に勤めてんだよ」

「ブラック……そうなのだろうか……」

「そうだよ。ていうか、今泉、彼氏にちゃんと文句言ってる？　年上なんだろ。こっちは学生で、あっちは社会人って関係だと、どうしてもこっちがあっちの都合に合わせることになる。仕事だって言われたらおとなしく待つしかないかもしれないけど、不満に思ってることはきちんと言葉にして伝えておけよ」

まるで清彦の事情を熟知しているような口ぶりに、だれに聞いたのだと問い詰めたくなる。だがおそらく一般論なのだろう。清彦と克則の間に横たわる問題は、きっと珍しいものではない。小関が簡単に推察できるていどのことなのだ。

「……文句なんか言ったら、嫌われてしまうかもしれない……」

「んー……、そういう心配をする気持ちはわかるけど、本音でぶつかるのは大切だよ。同い年の俺が偉そうなアドバイスをするなって思うかもしれないけど、今泉よりは経験を積んでいるからね。これはマジでタメになる助言でーす」

小関は雑誌をぱらぱらとめくりながら、わりと重要なことをかなり軽い口調でさらりと言った。

「だってこのままだと逆に長続きしそうにないよ。片方だけが我慢しているってのはバランス悪いからね。彼氏はもしかしたら今泉が我慢していることに気づいていないかもしれないんだよ。わかっていなかったら、今後もどんどん我慢させられるかもしれない。早めにクレームつけた方がいい……と、思うわけ」

「うん…………。そうかも…………」

小関の言葉は正論だと思った。

清彦は克則ともっと話し合う時間を持たなければと、真剣に考えた。距離がありすぎる。この距離を埋めるためには、まずどうすればいいのか。

「いつもどういう感じで会ってるわけ？　彼氏はブラック企業の奴隷で超多忙なんだろ？」

「小関、ひとつ訂正しておくが、彼はブラック企業の奴隷ではない。ものすごく勤労意欲が発達しているだけだ」

「はいはい、それで？」

「彼が仕事の合間を縫って、僕に会いに来てくれている」

「どのくらいの頻度で？」

「以前は週に一回だったが、いまは月に一回くらいだ」

「マジで？　すくなすぎるだろ」

小関は本気でびっくりしたようだ。「それなら、こうしてみたら？」とあっさり解決案をひとつ挙げてみせてくれた。

「いつも彼氏が会いに来てくれていたんだろ。だから今泉はただ待つしかなかった。もっと会いたい、もっと近くに行きたいと思うなら、こっちから会いに行けば？」

「僕から？　会いに行く？」

清彦の中にはなかった発想だった。初対面が今泉邸で、それからもずっと克則が訪ねてくるパターンばかりだったので、それしかできないと無意識に思いこんでいた。

「そうか、僕から……。でも、いつ、どうやって会いに行けば……？」

克則は本社でデスクワークばかりをしているわけではないだろう。仕事内容はよく知らないが、あちらこちらへ出張に行っているらしい。だから清彦に会う時間が作れないのだ。

「とりあえずスケジュールを聞くところからだな。教えてくれなさそう？」

「……教えてくれるかもしれない」

清彦は克則の秘書である河合《かわい》の温厚そうな顔を思い浮かべた。

「……わかった。やってみる」

決意を胸に、くっと顔を上げた。小関が笑いながら、「その意気だ」と肩を叩いてくる。清彦は秘かにテーブルの下で拳を握っていた。


河合が送ってくれた克則のスケジュールを、清彦は熟読した。今泉邸までなかなか会いに来られないのは本当だった。分刻みでなんらかの用件が入っている。これでもできるだけ不必要なものは振り落として、克則が出席しなければならない会議とか視察とか会食とかだけを厳選しているのだろう。

そして移動時間に無駄がないよう、それぞれの場所も考えられている。これを作成した河合はかなりの管理能力の持ち主だと感心した。

それでも克則は人間だ。睡眠時間は必要だし、息抜きの時間は取ってある。三十分ていどの空白時間が作ってあるのは、休憩するためかスケジュールが押したときの余裕としてだろう。

平日は出張が多い。海外や地方へ行かないときの夜は、だいたい会食が入っていた。会食相手の名前を消さずに清彦の手元へ送ってきたのは、信用されているからだろう。商売敵や、会社内でも克則を煙たく思っているライバルには、おそらく見られたくない情報にちがいない。真意を深く問うことなくスケジュールを明かしてくれたことに、清彦は感謝した。

土日もなんらかの用事が書きこまれている。どこで克則に会えるだろうか――。

「ここかな……」

こんどの日曜日にゴルフへ行くことになっている。有名企業の重役と政治家の名前が列記されているところをみると、完全に仕事の範疇《はんちゅう》だろう。だれがだれを接待する立場になるのか、名前を見ただけでは清彦には判断がつかない。だが堅苦しい場所でもないはず。このゴルフ場に行ってみようかと、清彦はインターネットで場所を確認した。

清彦自身はゴルフをしないので、ゴルフ場ではどんな感じでコースを回ってプレーをするのかわからない。休憩時間があれば、その隙にすこしくらい会えるかもしれない。重彦に聞けば教えてくれるかもしれないが、呼ばれてもいないのに克則の邪魔をしてはいけないと諫《いさ》められそうだ。

だれにも内緒で克則に会いに行く――。ちょっとした冒険のようで、清彦は胸をどきどきさせた。


清彦はゴルフ場に着くと、クラブハウスに入った。はじめての場所だが清彦の辞書に「気後れ」という言葉はない。ちょっとしたホテル並みの内装になっているロビーに行き、ソファに腰をかけた。

壁がガラス張りになっていて、緑が鮮やかなコースが一望できるようになっている。顔が判別できないくらいの距離で、どこかのだれかがゴルフをしていた。この真夏にご苦労なことだと、清彦は呆《あき》れをこめて眺める。

克則はいまごろどこでプレーをしているのだろうか。そろそろ昼なので、たぶん休憩を取るのではないかと予想している。ここに戻ってくるものなのだろうか。それすらもわからなかったが、清彦はとりあえず待ってみた。

しばらくして、何組かの男女が外から建物に入ってきた。みな一様に「暑い」とため息交じりに呟き、レストランと表示されている廊下へと消えていく。やはりここで待っていれば克則に会えそうだ。

その前にと、清彦はトイレに行くことにした。ロビーの奥にあると矢印で案内が出ていたので、そちらへ歩いていき、無事に発見した。用を済ませてロビーに戻ろうとしたら、さっきまで清彦が座っていたソファのあたりに、顔を見たことがある壮年の男性がいた。すぐに克則のスケジュールにあった、今日一緒にゴルフをする予定の七瀬《ななせ》という国会議員だと思い出す。

「なかなかいい雰囲気なんじゃないか？」

七瀬は近くに座る、すこし太った男と喋《しゃべ》っていた。そっちの男には見覚えはないが、きっと七瀬と並んで名前が書いてあった菱田《ひしだ》商事の菱田だろう。

「本当に、君の姪《めい》は美人だな。自慢するだけはある」

「ありがとうございます」

「克則君もまんざらではなさそうだ」

いったいなんの話をしているのだろうか。嫌な予感しかしない。清彦は近くにあった太い柱の影に隠れた。

「克則君はもう三十七だというのに独身で、長谷川からだれかいい人がいたら紹介してくれと、何度も言われていたんだ。彩加《あやか》さんなら教養があるし、大企業の社長夫人というもののなんたるかを、よく知っていることだろう。なにより美人だ。明るいのもいい」

「そう言っていただけると、私も嬉しいです。私には子供がおりませんので、あの彩加を実の娘のようにかわいがってきました。素性のあやしい、頼りにならない男のところになど、絶対に嫁がせないと決めているので、長谷川君ならもう文句なしです」

「これで決まるといいがなぁ」

七瀬はため息をついている。

「長谷川とは長い付き合いで、克則君のことは子供のときから知っているんだ。いい青年だから付き合う女性には事欠かないようだが、結婚までなかなかたどり着かない。自力で伴侶《はんりょ》を見つけられないのならと、長谷川もいままで何度か見合いをさせたそうだが、うまくいかなかった」

「長谷川君は忙しすぎるのではないでしょうかね。女性というものは、構ってやらないとすぐ拗ねますから」

「おお、実感がこもっているな」

七瀬と菱田はいやらしい含み笑いをこぼしている。

「その点、彩加は大丈夫ですよ。現在、菱田商事の秘書課に勤務していますし、兄も私とおなじく役に就いています。トップに立つ者の多忙さは熟知していますので、文句は言いませんよ」

清彦は茫然《ぼうぜん》としすぎて足が萎えそうになった。はじめて聞く話ばかりで、にわかには信じがたい。

まさか、克則が見合い？　菱田の姪と見合いをしたのか？　まんざらではなさそうだという七瀬の発言は事実なのだろうか。七瀬が言う長谷川とは、克則の父親のことだろう。過去に何度か見合いをさせたというのは、本当だろうか。

そんな話、清彦は聞いたことがなかった。知らなかった。清彦だけを愛していると言いながら、結婚相手を探していたということだろうか。

告白をされた四年前より以前の話なら、それは仕方がない。克則は十年前から清彦を好きだったらしいが、実際に恋人という関係になったのは四年前からだ。その前にした見合いや女性との付き合いに、清彦がとやかく言うことはできない。腹立たしいが、克則に罪はない。

だが、菱田の姪の彩加とかいう女性との見合いは現在進行形の話らしい。美人だという彩加は、いったいどんな女性なのか――。

「先生、叔父さま、お待たせしました。すみません」

若い女性の声がして、清彦は柱からちょっとだけ顔を出した。ピンク色を基調としたかわいらしいゴルフウェアを着たロングヘアの女性と、シンプルな白いポロシャツを着た克則が、連れだってロビーにやってきた。あれが彩加だろうか。

なんと女性は克則の腕に縋るようにして腕を絡めている。克則はまったく嫌がってはいなかった。

衝撃的な光景に、清彦は目の前が真っ暗になる。

「膝は大丈夫だったかい？」

「擦りむいただけなので、消毒してもらって、絆創膏《ばんそうこう》を貼ってもらいました」

「念のために午後はコースに出ない方がいいかもしれませんね」

克則がそう言って、彩加を補助しながらソファに座らせる。言葉通り、彩加の両膝には大きいサイズの絆創膏がべったりと貼られていた。どこかで転んでケガをしたのだろう。

「たいしたことはないいんですけど、コースをぐるっと歩くと痛んでくるかもしれません。叔父さま、ごめんなさい。私このままリタイアさせてもらっていいですか？」

「そうだね、無理しない方がいい」

「おお、そうだ、克則君、君が彩加さんを送っていきなさい」

七瀬がとんでもない提案をした。清彦の心情的には断ってほしいが、この場の最年長者である七瀬にそう言われたら、無碍《むげ》にはできないだろう。それに克則は紳士で、軽傷とはいえケガをしている女性を放ってはおけないにちがいない。

案の定、克則は「わかりました」と頷いた。意気込んで、という感じではないが、嫌々やるという表情でもない。やはり男なら、きれいな女性とすこしでも長く一緒にいたいと思うものなのだろうか。

清彦がこっそりと覗いているなんて、克則はまったく気づくことなく、彩加を伴ってクラブハウスを出ていく。彩加を出入口付近で待たせて、克則はどこかへ行った。しばらくして一台の外車が彩加の前にとまる。運転席から出てきたのは克則だった。鮮やかなブルーの外車が、どこのメーカーのものなのか、遠目なので エンブレムが見えなかった。あれは克則が所有している車なのだろうか。仕事用ではないだろう。ああいった車が好きだったのかと、清彦は驚いた。

なにも知らなかった。いつも自宅で克則の訪れを待つばかりだったから……。

彩加は助手席に乗り、車は走り去っていく。その光景を、七瀬と菱田は満足そうに見送っていた。

やむを得ない状況だったとはいえ、清彦は冷静ではいられない。恋人と美女が二人きりで車に乗って行ってしまったのだ。しかも行き先は女性の自宅。彩加は実家暮らしだろうか、それとも一人暮らし……？　礼儀正しい克則が間違っても送り狼になることはないだろうが——。

清彦はパンツのポケットから携帯電話を出した。動揺しながら克則の携帯電話にかける。当然のように、運転中なので電話に出ることができないというアナウンスが聞こえてきた。

「やはり克則君も男だな。彩加さんほどの美人が困っていたら、どうしても庇護《ひご》欲が芽生えてしまう。彩加さんがケガをしたのはかわいそうだったが、むしろこれがきっかけになって親交が深まるかもしれないぞ」

「そうなってくれたら、これこそケガの功名というものですか」

七瀬と菱田はくくくと楽しそうに笑っている。清彦はとてもではないが笑えなかった。携帯電話を手にしたまま柱の影から出て、駐車場へ行く。頭上では真夏の太陽がギラギラと殺人的なほどの元気さで地上を照らしていた。アスファルトが敷き詰められた駐車場には陽炎《かげろう》が立ちこめている。

たぶんものすごく暑いのだろう。だが清彦は茫然自失のあまり、その暑さをほとんど感じられなくなっていた。克則に見つからないようにと、清彦が乗ってきた今泉家のクリーム色のロールスロイスは広い駐車場の隅に停車している。すべての窓を開け放してシートを倒し、運転手は休憩していた。

歩み寄った清彦に気づくと、運転手は慌てて体を起こし、エンジンをかける。ブワッと音をたててエアコンが冷気を吹き出した。四十代半ばの運転手は、額の汗を拭きながら、「もうお帰りですか」と訊ねてくる。

「ずいぶん予定より早いようですが、もう用事はお済みで？」

四つの窓が素早く閉められると、すぐに車内は快適な温度に近づいていく。清彦は返事をしないまま後部座席のシートに凭《もた》れ、ひとつ息をついた。憂鬱そうな清彦の様子に、事情を知らない運転手も年若い主人の機嫌が悪いことを察したのか、なにも言わなくなった。車はゆっくりと動き出して、ゴルフ場から離れる。

清彦は後悔していた。克則に黙って、こんなところまで来るのではなかった——と。

会いたかったのは本当だが、冒険をした先で、克則をすこし驚かせようと思っただけだ。いきなり現れた清彦に、克則は最初びっくりするだろうが、すぐに笑顔になって喜んでくれると勝手に思いこんでいた。多少の無理をしてでも会いたかったのだと、わかってもらえるだけでよかった。

まさか、見合いの場に遭遇してしまうなんて。

考えれば容易に想像がつく話だ。克則は長谷川家の長男で、働き盛りの健康な男だ。親を含めた周囲の人間たちが、克則を結婚させたいと思うのは当然で、いままでたくさんの見合い話があったことだろう。

清彦を伴侶に選んだことを、克則はだれにも言っていないと聞いた。清彦が二十歳になるまでは黙っておくと。

もしかして、最初は断るつもりだったのに会ってみたら素晴らしい女性で、すごく気に入ってしまい、清彦ではなくその女性と結婚してしまおうかと考えたことだって、いままでにあったかもしれない。いや、そんなことはなかったと信じたい。

「…………はぁ…………」

悩ましいため息が出てしまう。もやもやとした重いものが胸を塞《ふさ》いでいるような感じがした。なにがこんなに自分を憂いさせているのだろうか。今日の見合いは衝撃だったが、克則は断ると信じている。二十歳の誕生日を二カ月後に控えて、いまさら克則は清彦と別れる気はないだろう。

ただ――ただ、なんだろう……？　なにがひっかかっているのだろうか。

清彦は考えがまとまらないまま帰宅して、自分の部屋に引きこもった。何度か克則の携帯に電話をかけようとしたが、彩加と一緒にいたらなにをどう言えばいいのかわからなくてなにもできなかった。

夜になって、克則の方から電話がかかってきた。

『昼間に電話をかけてきてくれたんだな。着歴があって、いま気づいたよ。ごめんね、出られなくて。あの時間は車の運転中で、カバンの中に入れっぱなしだったんだ』

「……そう……」

運転中だったのはわかっている。だがあれから八時間はたっているのに、どうしていままで気づかなかったのか。糾弾したかったが、恋人の休日の行動を監視して束縛するようで、言葉が口から出てこない。

それでもなんとか会話を繋げようと、「今日はゴルフだったんですよね？」と糸口を求めて訊ねる。

『ああ、そうだよ。スケジュールの通りに出かけたんだけど、昼で切り上げて帰ったんだ』

清彦が河合に頼んで克則のスケジュールを手にしたことは、もちろん知っているはず。それを思い出したのか、克則は付け足しのようにそう言った。

「……どうして昼で帰ったのですか？」

知っているくせに聞いてみた。克則がどう答えるのか、試したかったのだと思う。

『あまりにも暑くて、同行者の七瀬議員が体調を崩してしまってね。午後は取り止《や》めになった。やっぱり日本の八月はゴルフ向きの季節ではないと、つくづく思ったよ』

嘘をついた。

克則は、真実を言わなかった。

七瀬は元気そうだったではないか。だれも暑さのせいで体調を崩していない。菱田の姪の彩加がケガをしたのだ。克則はその彩加を送っていった。

どうしてそう言わないのか。女性を送っていったなどと報告したら、清彦が怒ると思っているのか。

あっさりと嘘をついた克則に、怒りが湧いた。なにも知らなかったら、清彦はきっと欠片《かけら》も疑いを抱かずに、七瀬が体調を崩したと信じただろう。

『清彦？　聞こえているか？』

「……聞こえています……。聞こえていますよ」

ああ聞こえているとも。あなたが嘘をついたとわかるくらいはっきりと。

清彦は荒ぶる気持ちを抑えようと、深呼吸した。

「長谷川さん、ゴルフが昼で終わったなら、そのあと僕に会いに来てくれればよかったのに」

『それは……すまない。別の用事ができてしまって、家に戻ってきたのは、ついさっきなんだ』

彩加を送っていったあとにどうしたのか探りを入れたら、そんな返答をもらってしまった。まさか、いままでずっと彩加の自宅にいたのだろうか。疑惑が膨れあがったが、清彦は自分からそんな質問をするのは卑屈だと思った。克則がみずから報告すべきだ。清彦が聞きだすことではない。

「長谷川さん……」

『なんだい？』

「僕に、なにか隠し事はないですか」

『隠し事？　ないよ、なにも』

克則はなんのためらいもなく、否定してみせた。失望したくなくて、清彦はもう一度、足掻《あが》いてしまう。しかし、すぐに言わなければよかったと後悔した。

「僕に言わなければならないことも、ないですか」

『それは、ある。まだ今日は言っていなかったね。愛しているよ、清彦君』

いつものように甘く囁く克則は、電話のこちら側で清彦がどんな形相になっているかなんて、きっと思いもしないだろう。清彦は早々に通話を終えてしまうことを決めた。このままでは無様にも大声で罵《のの》ってしまいそうだったからだ。

「……すみません、父が呼んでいるようなので、これで切らせてもらいます」

『あ、そう？　じゃあ、おやすみ』

「おやすみなさい」

清彦は通話を切ってから、落ち着くためにひとつ息をついた。目を閉じてしばらくじっとしていたが、なかなか感情が静まらない。

手の中の携帯電話を壁に投げつけたい衝動にかられたが、なんとか踏みとどまった。壊れた携帯を買い直すときに、どうして壊したのかと父親に聞かれるのが面倒だ。未成年の清彦は、まだ自分では買えない。親の承諾が必要なのだ。面倒くさい。二十歳の誕生日まで、あと二カ月。たった二カ月なのに。

なんでもないことのように、さらりと嘘をついてしまえる克則を知ってしまった。こんなふうに、いままでいったいいくつの嘘をつかれてきたのだろうか。この四年間、清彦は克則を微塵も疑わず、嘘に気づかず、ぬるま湯のような幸福を甘受してきた。愚かだった。これが大人になるということだ

ろうか。

清彦は克則のスケジュールデータを消去することにした。プリントアウトした紙も破り捨てる。

もう会いに行かない。小関のアドバイスに乗ってみたが、やはり自分には似合わないやり方だと思う。克則が自分を追いかけるべきなのだ。自分の方から会いに行くのはおかしい。

「なにが隠し事はないだ。なにが愛しているだ……」

思い出すと静めたはずの気持ちがまた揺れてくる。胃がむかむかとして気分が悪くなってきた。いまごろ克則は能天気に寝る支度をしているのかと思うと、腹が立つ。清彦はこんなにも冷静ではいられないというのに、克則は――。

清彦はじっとしていられなくなって、自分の部屋の中をうろうろと歩きまわった。

なんらかの意趣返しをしてやりたい。そうすればすこしはこのもやもやしたものがすっきりするのではないか。清彦はそう思った。

ではどうすれば克則を驚かせ、効果的にヘコませることができるのだろうか。

夏休みの残りを、清彦はその策を練ることに費やすことになったのだった。

◇

待ちに待った清彦の二十歳の誕生日。

克則は計画的に仕事を片づけ、午後七時には帰路につくことができた。予定通りだ。克則は自宅に帰ってスーツを着替えた。いまから今泉家へ向かう。完全にプライベートなので自分の車で行くつもりだったが、駐車場には河合が待っていた。

「私が運転していきます。もし今泉家でアルコールを口にすることがあれば、帰りは運転できません。私が乗って帰りますから、克則さんはタクシーを呼んでもらうか、今泉家の車で帰宅してください」

仕事を離れた時間だからか、河合は役職名ではなく名前で呼んだ。

「じゃあ、頼もうかな」

今日という日がどういう意味を持っているのか、河合もよくわかっている。克則より浮かれているかもしれない。

「途中、花屋に寄ってほしい」

「わかりました」

今泉家へ向かう途中の花屋に、毎年恒例の花束が注文してある。とりあえず今夜は花束だけだ。祝いの言葉を贈るだけなので、プレゼントは持参していない。三日後の土曜日に開かれる予定の誕生日パーティーのあと、ホテルの部屋で渡すつもりだった。

やっと、やっと清彦が自分のものになる。その喜びに、克則は緊張と興奮で眩暈がしそうだった。

今泉家に着くと、あらかじめ訪問を知らせてあったためか、駐車場に顔馴染みの使用人頭が待っていた。玄関を通り、無人のリビングでしばし待つ。やがて姿を見せた清彦は、いつにも増して美貌《びぼう》が輝いているように見えた。涼やかな目元に色気が滲んで見えるのは、克則が心の底から惚れているからだろうか。

「清彦君、誕生日おめでとう」

「……ありがとう」

差し出した薔薇を、清彦は受け取ってくれた。薔薇の華やかな美しさとは対照的な、清彦の清楚《せいそ》な佇まいにくらくらする。

ローテーブルを囲むように置かれているソファの中で、指定席になっている一人掛けソファに清彦は腰を下ろした。

「やっと二十歳になったね。嬉しいよ」

隠しようもなく、克則の声は弾んでいる。あからさますぎて清彦に引かれはしないかと気になった。だがここで尻ごみしていては、四年も待った甲斐《かい》がないというものだ。

「清彦君、あらためて、申し込みをしたい」

克則は姿勢を正した。いよいよだ。克則は胸を張って堂々と求愛した。

「俺の愛ははじめて出会った十年前から、君だけのものだ。これからも、君しか俺の心には住まないだろう。やっと二十歳になって、大人同士の付き合いができるようになった。俺の正式な恋人になってほしい。君を愛している」

清彦が窓に向けていた視線を、ゆっくりと克則に戻してくる。小さな頭がこくんと頷くのを待っていた克則は、次の瞬間、信じられない言葉を聞いた。

「僕は、あなたの恋人にはなりません」

清彦の声には、いままで耳にしたことがないほど冷酷な響きがあった。目の前が一瞬で真っ暗になるという現象を、克則はこのときはじめて経験した。

「これは、誕生日の祝いとしてもらっておきます。ありがとう。気をつけて帰ってください。おやすみなさい」

清彦は花束を手に立ちあがり、それだけ言って背中を向けた。リビングから清彦が出ていく間際になって、やっと克則は我に返った。「待ってくれ」と追いすがろうとしたが、脚がもつれてテーブルに臑《すね》をぶつけてしまう。激痛に襲われたが構っていられない。

「き、清彦君？　ちょっ、どうして？　説明してくれ……！」

清彦は振り返ることなくリビングを出ていってしまった。一人残されて、克則は愕然とする。

いったいなにが起きたのだろうか。まさか断られるとは思ってもいなかった。四年前に告白して、受け入れてもらって、以来ずっと仲良くやってきたつもりだ。数えるほどのキスと抱擁だけしか肉体的な接触はなかったが、清彦は嫌がっていなかったと思う。

気づかないうちに清彦を怒らせていたのだろうか。なにをしただろう？　混乱していてまともに考えられない。

「おい、どういうことだ？」

清彦が出ていったのとはちがうドアから、重彦が入ってきた。盗み聞きしていたのかと咎めるべきだったが、克則にはそこまでまともな思考力はなくなっていた。

「どうして清彦がおまえを振ったんだ？　いつのまに仲違《なかたが》いしていたんだ？」

振った、という言葉の響きに、克則は打ちのめされそうになる。これは振られたのか。克則は清彦を手に入れられなかったのだから、そういうことなのか。

「おい、克則、どういうことだ。俺はてっきり、順調なんだと思っていたぞ」

「俺だってそう思っていたさ。なにがなんだか、さっぱりわからない……」

泣きそうになりながら、克則は重彦に訴えた。

「俺が聞きたい。なあ、俺はなにをしたんだ？　清彦君を怒らせるようなことをしたのか？　それとも、いつのまにか嫌われていたのか？　信じられない……。信じたくない……」

「大丈夫か。顔が真っ青だぞ」

「ぜんぜん大丈夫じゃない……」

克則はソファに腰を落とした。両手で頭を抱えて、しばし動けなくなる。いまごろになってテーブルにぶつけた臑がずきずきと鈍痛を発してきた。夢だと思いたいが、この痛みぐあいだと現実らしい。

清彦はたぶん二階の自分の部屋にいるだろう。いますぐ部屋に行って、どういう心境の変化があったのか、原因があるとしたらなんなのか、問い質《ただ》したい。だが、いまの混乱状態では、清彦を前にして冷静に話などできそうにない。きっと声を荒げてしまう。酷い言葉で詰《なじ》ることはないだろうが、克則は自分を信用できなかった。

これは、いったん帰って、時間を置いた方がいい。冷静になるためには、時が必要だった。求愛を拒絶されて動揺のあまり醜態を晒すなど、いい年の男がすることではないだろう。清彦に無様なところを見せたくはなかった。拒まれたというのに、いまさら格好つけても無意味かもしれないが。

「どうするんだ、克則」

「どうもこうも……とりあえず、今日のところは帰るよ」

「帰るのか？」

克則とおなじくらいにうろたえている重彦は、おろおろとリビングを歩き回っている。重彦にとっても予想だにしない展開だったわけだ。清彦の変心を、だれも察することができなかったことになる。

「……家に帰って、よく考えてみる」

「考えるってなにを？　まさか清彦を諦めるのか？」

男同士の恋愛など反対だったくせに、重彦は克則を非難する目で睨んできた。

「まさか、諦めないさ。たった一度、断られたからって、そう簡単に諦められるわけがない。俺の気持ちはそんなに軽いものじゃない」

「だろうな」

　重彦はホッとしたように表情を緩めた。リビングを出る克則に、重彦がなんとなくついてくる。

「あら、長谷川様、もうお帰りですか？」

　さっき案内してくれた使用人が驚いた様子で歩み寄ってきた。この家の使用人たちは克則が清彦と四年に渡って交際を続けてきたことを知っているはずだ。それなのに、こんなに早く帰るなんてと思ってか、彼女は思わず階段の方を振り返った。

「花は受け取ってもらえたので、今日のところはもう帰ります」

　微笑んでみせたのは痩《や》せ我慢だ。玄関を出る克則に、重彦もまだついてくる。清彦は絶対に見送りになど出てこないが、重彦にはこだわりはないらしい。

「克則、これにはきっとなにか理由がある。だから、短気を起こして清彦を諦めるのだけはやめてくれ。あの子は、おまえをまだ好きなはずだ」

　懇願口調で重彦に言われるまでもない。だがそう言わせてしまうほど、克則のショックが大きそうに見えるのだろう。

「河合さんに送ってきてもらったんだろう？　タクシーを呼ぼうか」

「そうだな……」

　のろのろと門までの石畳を歩いた克則は、駐車場にまださっき乗ってきた車がとまっているのを見つけた。運転席で河合が携帯電話を耳に当てている。仕事の電話かなにかがかかってきて話しているうちに克則が出てきたというところだろうか。

しばらくして通話が終わったのか、携帯電話を下ろしてすぐに、河合は克則に気づいた。ドアを開けて外に出てきた河合は、克則を見て戸惑った表情になった。

「どうか、しましたか？　もう用事はお済みで？」

「……終わったから、帰るよ。申し訳ないが、送ってくれるか？」

「それは構いませんが……」

河合はちらりと重彦に視線を移して目で問うようにしたが、克則は構わずに後部座席のドアを開けて中に入った。シートに座ると、一日の仕事の疲労がドッと襲ってきて、自分が疲れていたことを自覚する。このままシートにずぶずぶとめりこんで、真っ暗闇の奈落の底に沈んで行きたくなった。なにも考えたくない。車に乗るまでは清彦に問い詰めたいという欲求が強かったが、最初の衝撃が去ってみれば理由を知るのが怖くなってくる。

清彦にあんな返事をさせてしまったなにかが、自分にあったということだ。決定的な失敗をしたとしたら、それは挽回《ばんかい》できるていどの失敗なのだろうか。取り返しがつかないほどのことだったら、克則はもう永遠に清彦を手に入れられないのだ。

目を閉じれば清彦の控え目な微笑が浮かぶ。清楚で可憐《かれん》で、けれど凛とした清彦の佇まい。すでに自分のものだと思いこみ、安心していた。なにもかも順調だと疑っていなかった。だからこそ仕事も頑張れたのだ――。

克則はふと、河合がなかなか運転席に戻ってこないことに気づいた。車の外を見遣《みや》れば、河合は重彦と立ち話をしている。どうせいましがたの清彦とのやり取りを話しているのだろう。十七歳も年下の青年にいいように振り回されている男を笑いものにしているとは、思わない。二人ともそんな人間ではないだろう。だが振られ男の烙印《らくいん》を押して、憐《あわれ》みの目で見ようとしているのは確かだった。

エンジンがかかっていないので窓は開かない。克則はドアをすこし開けて「河合」と呼んだ。

河合はパッと振り返り、「お待たせしてすみません」と謝罪してきてから、重彦に頭を下げた。

「それでは、これで失礼します。またご連絡さしあげますので……」

「うん、頼むね」

重彦と河合がなんの連絡を取り合うというのか。克則と清彦のことについてだろう。放っておいてくれと思いつつも、自力で解決できる自信はなく、なにも言わずに克則はドアを閉めた。河合は車を回りこみ、運転席に戻ってきた。

「お待たせしてすみません」

エンジンをかけて、ことさら丁寧に車をスタートさせる。河合に気遣われていると感じながら、克則は口を開けば切ないため息がこぼれてしまいそうで、ぐっと奥歯を嚙みしめていた。


よく、眠れなかった――。

誕生日から一夜明けて、清彦はベッドの中からじっと天井の木目を睨んだ。和室にカーペットを敷いて置かれたベッドは、日本国内の家具職人が腕によりをかけて作った逸品で、マットレスは清彦の体つきに合わせてセミオーダーされたものだ。枕《まくら》も清彦に合うようにと作られたもので、いままで寝ざめが悪かった記憶はほとんどない。克則の見合いと嘘が発覚したあと、寝付きが多少悪くなってはいたが、寝がえりを打っているうちに、いつしか寝入ってはいた。

だが昨夜は、ほとんど眠れなかった。克則の愕然とした顔がチラついて、心地良い睡魔はなかなか訪れてはくれなかったのだ。サイドテーブルに乗った目覚まし時計を見遣ると、あと十分ほどで朝食の時間だとわかる。

大学は後期がはじまって半月ほどがたっていた。いつもならとうに起きだして着替え、家族と朝食をとるためにダイニングに向かうころだ。平日は帰りが遅い父と兄なので、ともに食事ができるのは朝食くらいだった。できるだけ一緒に朝食の席につくようにしているが、今朝はまともな受け答えができそうにない。なにより、まったく食欲がなかった。

手を伸ばして目覚まし時計の横にある内線電話の受話器を取り、清彦はダイニングに繋げた。

「おはようございます、清彦です。今朝は食欲がないので朝食はいりません」

『体調でもお悪いのですか？』

「どうということはありません。あとで紅茶を持ってきてもらえますか。部屋にいます」

『……わかりました』

使用人は了承したが、心配している感じだった。このぶんだとすぐに家族に清彦の様子が伝えられて、なんらかのご機嫌伺いがあるだろう。面倒くさい、放っておいてほしい。

清彦ははじめて一人になりたいと思った。生まれたときから家族と使用人に世話を焼かれる生活だったから疑問に思ったことはなかったが、いまはじめて干渉しないでほしいという気持ちが生まれた。

ため息をつきながらベッドから出て、のろのろと部屋着に着替える。寝室にしている部屋と襖《ふすま》一枚で繋がっている和室も、清彦の部屋だ。その八畳の和室の窓際に、祖父から譲り受けた文机《ふづくえ》が置いてあり、その上には部屋の雰囲気にそぐわないノートパソコンがある。学生にとっては必需品だ。やっておかなければならない課題がいくつかあり、昨夜もそれをすこし進めていた。だがやはりと言おうかなんと言おうか、まったく頭が働かなくて早々に見切りをつけ、ベッドに入った。早く寝て、続きは翌日にやろうと思っていたのだが……。

「はぁ……」

清彦はため息をついて、文机のノートパソコンの横に置きっぱなしになっている携帯電話を見遣った。克則が帰ってから、なんとなく触っていない。いや、なんとなくなんて嘘だ。怖くて触れなかった。あんなことがあったあとなのに、克則が電話もメールも寄こしていなかったらどうしようと、確認できなかったのだ。

清彦はそっと携帯電話に触れようとして、廊下を近づいてくる足音に気づいた。

「清彦、ちょっといいか？」

重彦が声とともに襖をノックしてきた。やはり来たかと、またため息をつく。

「はい、どうぞ」

返事をすると襖が開けられた。重彦はすでにスーツ姿だ。文机の前に正座している清彦をちらりと見て、重彦は部屋に入ったきた。

「立ったままですまないが、すこし話がしたい」

「……そのままで構いませんよ」

スーツに着替えているのに正座したら皺が寄ってしまう。そのくらい清彦も知っている。重彦は襖を閉めて、柱に寄りかかるようにして立った。

「朝食を断ったそうだが、体調が悪いのか？」

「熱はありません。ただ食欲がないだけです」

「欲しくないのなら無理に食べなくてもいいが、水分だけは取らないとダメだぞ」

「わかっています」

清彦がそっけなく受け答えをすると、重彦は居心地が悪そうに視線を泳がせた。

「……克則から電話があった。ついさっきだが……」

口ごもる重彦の様子から、昨夜のやり取りを知られているのだなと察した。克則が喋ったのか、それとも隣室で聞いていたのかはわからないが、そんなことはどうでもいい。どうせ隠せない。清彦が気になるのは、克則からの電話だ。

「何度も清彦の携帯に電話をかけたが、繋がらないと言っている。メールの返信もないと。どうして無視している？」

清彦は重彦から視線を逸《そ》らした。兄が弟の態度を咎めている雰囲気ではない。ただ、案じている気配だけがある。清彦がなぜ克則を拒んだかのか、真相が知りたいのだろう。聞き出すように克則が依頼したとは思いたくなかった。克則はそんな卑屈な男ではない。

「……昨夜は、はやく寝てしまったので、携帯を見ていません。いま、見ようかと思っていたところです」

怖かったから見ずに放置していたとは言えなかった。重彦に虚勢を張っても仕方がないのだが、それでも強がらずにはいられない。なんでもない顔で机の上の携帯電話を手に取り、清彦は兄の前で見た。電話の不在着信の履歴がずらずらと出てくる。すべて克則からだ。メールフォルダにも克則からのメールがたくさん届いていた。指が震えそうになるのをこらえながら、フォルダを開いた。

話がしたい、説明してほしい、自分に悪いところがあったのなら直すように努力をするから――という言葉が、何度も、繰り返し綴《つづ》られている。克則がどんな心境でこのメールを書いたのかと思うと、申し訳なくなる。

だがそれと同時に、こんなふうにちまちまとメールと電話を寄こすくらいなら、なぜ昨夜、尻尾《しっぽ》を巻くようにしてさっさと帰ってしまったのかと責めたくなる。部屋まで追いかけてきて、縋りつけばよかったのに。どうしても納得できないと、清彦に訴えて情熱を示せばよかったのに――。

しかも重彦に「無視されている」と告げ口するとは何事だ。

「清彦、昨夜のこと……いったいどういう心境の変化があったのか、聞かせてくれないか」

ためらいがちだがストレートに訊ねてきた兄に、清彦はキッと鋭い視線を向けた。弟に睨まれた重彦は、たじろいだように「う……」とちいさく呻《うめ》く。

「兄さんには関係のないことです。これは僕と長谷川さんの間だけの問題でしょう」

「それは、そうだが……。俺としては、弟と友人の一生に関わる大切な問題だから、やっぱり気になるというか、その……」

確かに重彦を関係ないとシャットアウトしてしまうのは無理がある。ものすごく近い位置にいるのだから。

「理由が、なにかあるんだろう？」

「ありますよ。長谷川さんの方にね。ご自分の胸に手を当てて、よーく考えてみてくださいと伝えてください」

「………うん、わかった」

重彦はなにも悪くないのに自分の胸に手を当てている。

「あ、それと、明後日、土曜日の誕生日パーティーのことなんだが、予定通りに開いていいんだな？」

「いまさら中止にはできないでしょう。予定通りにお願いします」

「克則も出席すると思うが、いいのか？」

清彦が一言、出禁を言い渡せば、克則は会場に来ても一歩も中には入れないだろう。だが克則の立場でそんなことをされたら、ほかの出席者に今泉家と長谷川家が険悪になったと邪推されかねない。

「それは、構いません。五百人からの出席者が会場にいるのですから、長谷川さんがひとりくらい紛れていても、僕は気にしませんから」

「そうか……」

ほとんど目障り者扱いの言い方に、重彦は悄然《しょうぜん》としている。

「克則が、パーティーが終わったあとに、二人きりの時間を取ってくれないかと言っているんだが……。どうも、最初からそのつもりで上階のスイートを予約してあるらしい。こうなってしまったからには、その部屋は話し合いの場になると思うんだが」

部屋が押さえてあるというのは初耳だ。その部屋でいったいなにをするつもりだったのか、容易に想像がつく。はじめての夜を過ごすために老舗ホテルのスイートを予約してくれた克則に、清彦の気持ちはぐらぐらと揺れた。だが清彦の了承も得ずにそんなことをするなんてと、腹立たしくもある。

清彦は頬が熱くなりそうなのをこらえながら、ぐっと顎を上げた。

「僕は、パーティーのあとは小関と飲む約束になっています。二十歳になったので、飲酒しても法律違反にはなりません」

そんな約束などしていないが、小関はパーティーに出席してくれることになっている。引きとめればいい。重彦は小関の名前を覚えていた。

「小関？　大学で友達になった、オーキッド化粧品の社長令息か？」

「そうです」

「……そうなのか……」

重彦がかなり動揺しているのに気づいていたが、清彦は兄がなににあらためてうろたえたかなんて気にとめなかった。まさか小関が克則を振った原因で、新しい恋の相手ではないかと疑ったなんて、清彦は思ってもいなかった。


金曜日の大学生は、どうしても浮ついた雰囲気になってしまうような気がする。清彦は構内のカフェテリアから、そろそろ秋の気配が濃くなってきた中庭を眺めていた。行き交《か》う学生たちはのんびりしている者が多い。忙しい学生はランチタイムでもないのにカフェテリアでゆっくりお茶など飲んでいないのだろう。今日の講義はもう終わったので、清彦は小関を待っていた。

小関は最近、アルバイト以外の時間が暇そうだ。女子高生の彼女が受験生なので、あまり遊べないらしい。とくに趣味を持っていない小関は、空いた時間を清彦で埋めようとする。そういう清彦もだいたい暇なので、要求に応じることができた。結果的に、かなりの頻度で二人一緒にいることになっている。今日はちょうど小関に頼みたいことがあったので、呼び出しはありがたかった。

「お待たせ」

肩をポンと叩《たた》かれたと同時に、黒い革ジャンを着た小関が清彦の斜め前の席にすとんと腰を下ろした。清彦は革ジャンなど着たことがないので、ついしげしげと見つめてしまった。

「なに、カッコいい？」

「とてもよく似合っている」

「今泉はこういうの着ないだろ。興味ある？」

返事をする前に、小関は革ジャンをするりと脱ぎ、清彦の肩にかけた。小関のぬくもりに包まれてしまい、なんとも気持ちが悪い。

「おー、すげぇ似合わない。なんだよ、その嫌そうな顔は。俺が親切にもバイト代で買った大切な革ジャンを貸してやったのに」

「生温かくて気持ち悪い」

清彦はさっさと肩から下ろして小関に返した。キャアと黄色い声が聞こえたような気がして、清彦は振り返った。カフェテリアの隅に女子学生ばかり数人がかたまって座っている。彼女たちはこちらを注視しているようだ。楽しそうにお喋りしているが、内容までは聞こえない。

「ヤバい、余計な話題を提供しちゃったかな……」

小関が苦笑しながら革ジャンに袖を通す。どうやら彼女たちの話題の見当がついているようだ。

「どういうことだ？」

「いやぁ、俺たち、最近よく一緒にいるだろ」

「それは小関が僕を誘うからだ。彼女と遊べなくて暇だと言って」

「付き合ってくれてありがたいと思ってるよ。だからさ、いつも一緒にいるように見えているわけだ。俺たち、出来てると思われているみたいなんだよ」

「出来てる？　なにが？」

「つまり、恋人ってこと」

意外な話に、清彦は目を見開いた。目の前にいる小関をぽかんと見つめ、ついで女子学生の集団を、あらためて見遣ってしまう。

清彦はこの二十年の短い人生の間、恋愛感情を抱いた相手は克則しかいない。小関は友人であり、絶対にあり得なかった。そもそも男と男なのに、恋人ではないかと思われるなんておかしい。

「男同士なのに？」

「男同士でも、仲良くしすぎると疑われるってことなんじゃないの。まあ、本当にそう思われているかどうかはあやしいけどね。面白がられているだけかもしれない」

小関はあまり気にしていないようだ。あははと笑っている。

「僕はゲイだからいいけれど、小関は誤解されたまま放置していていいのか？」

「構わないよ。ちゃんと彼女がいるしね。誤解されていた方が、女が寄ってこなくて楽だ。合コンにも誘われないし」

なるほど、本命彼女がいる身としては、その方が無駄にモテなくていいということか。

「パーティー当日のことで、ひとつ、小関に頼みたいことがあるんだが」

あらたまって清彦が切り出すと、小関は「なに？」と向き直ってくれた。

「終わったあと、僕と飲みに行くことになっている。付き合ってくれるか？」

「行くことになっている…って、それどういうこと？」

克則の誘いを断る口実に小関の名前を出したなどとは言えない。というか、言いたくない。

「……ダメか？」

「いや、その日はとくに用事は入れていないけど……」

「じゃあ、僕と二人で飲みに行こう。そうしてくれるとありがたい」

「例の彼氏は？　パーティーに出席するんだろ。そうしたら、普通は彼氏と飲みに行くんじゃないの？」

小関は詳しい事情を知らないくせに、的確なところを突いてくる。勘がいいのか、それとも清彦がわかりやすいのか。

「………あの男のことなど気にしなくていい。僕は小関と飲みに行きたいのだ。せっかく二十歳になったのだから、友達と飲んでもいいだろう？」

「それは、いいけどさ……なんだよ、ケンカでもしたのか？」

あれはケンカではない。清彦が一方的に克則を拒絶しただけだ。時間とともに、ささいなことで克則ばかりを責めている自分が矮小な人間としか思えなくなってきていた。だからといって、パーティーのあと、克則が用意したスイートルームにのこのこ行けるわけがない。

本当は行きたいと思っているけれど――。

「なに？　その様子だと、今泉の方が悪いのか？」

「僕は悪くない。あの男は僕に嘘をついた」

「へぇ、どんな嘘？」

「……見合いをしたことを、僕に黙っていた」

清彦にとっては思い出すのも忌々しい、あのゴルフ場でのひとコマ。ぐっと奥歯を嚙みしめて憤っていると、小関がくくくと笑いだした。

「そんなことで怒ってんの？」

「そんなこととはなんだ」

「彼氏って年上の社会人なんだろ。いつまでも結婚していなかったら、まわりがお膳立てすることくらいあるんじゃないの。それで結婚までいっちゃったら裏切りだけど、見合いしただけで怒るのは単純すぎるんじゃないの」

「僕に言わなかった」

「わざわざ言うほどのことじゃなかったってことでしょ。今泉に余計な心配をかけたくなかっただけだと思うけど」

「…………」

小関の言うことはもっともなように聞こえる。たぶんほぼ正解だろう。だが清彦はショックだったのだ。そうして傷ついた心を、克則にも察してもらいたかった。

清彦がむっつりと不貞腐《ふてくさ》れていると、小関はしばし視線を遠くに置いて黙った。「あのさ」とおもむろに口を開く。

「自分が悪いことをしたなと思ったら、時間を置かないでさっさと謝った方がいいぞ。俺の経験上、のろのろしていると悪い結果に繋がることが多い」

「僕から謝るのか？」

「彼氏と別れたくないなら」

「僕は別れるつもりなんかない」

「今泉がそう思っていることを、彼氏はわかっているのか？」

「…………」

求愛を退けたのは、ちょっとした意趣返しのつもりだった。腹が立っていたから。だからといって、克則と別れるなんて考えたことがない。だがこのままでは——。

「……小関、謝るとしたら、その……どうやって謝ればいい？」

「は？」

清彦は真剣に質問したのに、小関は間抜けな顔で振り向いてくる。

「どうすればいいか教えてくれ」

「そんなの、二人きりになって『このあいだは、ごめんなさい』って頭を下げればいいだけのことだろ。ちょっと勇気はいるけど、簡単だ」

簡単じゃない。清彦にとっては。両手で頭を抱えたくなって、仇《かたき》のようにカフェテリアのテーブルを睨みつける。いままで、清彦は人に謝ったことがない。そういう場面に遭遇しなかった。

「俺なんか誘ってないで、彼氏と飲んだら？　それでスパッと謝ればいい」

「…………それは、ダメだ」

まだ心の準備ができていない。謝るとしても、まだ無理だ。そのうち、なんとか覚悟を決められるとは思うが、パーティーは明日だ。もうすこし時間がほしい。

「とりあえず、パーティーのあとの時間は空けておいてくれ」

「マジかよ」

「いいから、付き合ってくれ」

「わかったよ。乗っかってやるよ」

やれやれといった感じで小関は肩を竦《すく》めた。

ふと、横顔にちりちりとした刺激を感じて、清彦はそちらを見た。ほんの数メートル先のテーブルに、一重の目と鷲鼻の学生がいた。じっと清彦を見つめてきている。その視線を感じたのかと、清彦は気にとめずに小関に向きなおる。だがしばらくして、その学生が中野だと思い出した。

もう一度、中野を見ようとしたが、もうその席にはいなかった。カフェテリアを出ていこうとする後ろ姿だけが距離を置いたところにある。

「どうした？」

小関は中野に気づいていなかったようだ。背後の席にいたので当然だろう。

「いま、そこに中野が座っていた」

「えっ？」

小関が振り返ったが、当然そこにはだれもいない。

「もう出ていった」

「……そうか。どんな様子だった？」

「こちらを見ていた」

「こっちっていうか、おまえを見ていたんじゃないの。話を聞かれたかな」

「聞かれて困ることはなにも話していないが？」

「わかんないだろ、そんなこと。俺たちにとったらただの雑談だけど、あいつにしたらとんでもない情報だったかもしれない。パーティーの話とか、彼氏とか言っちゃっただろ……」

「パーティーについては、とくに隠していないから、知られてもどうということはないと思う。彼氏という単語が聞こえたとしても、僕は構わない」

「まあね、今泉はいろいろと覚悟を決めているからね。でも、中野自身が今泉をよこしまな目で見ているとしたら、かなり危ないとは思わないか？　今泉に近づく目的でパーティー会場に来られたら厄介だぞ」

「もし中野が会場に来ても、入れないと思う」

「んー……まあ、警備は万全だろうね。政財界のお偉方が集まっちゃうわけだから。んー……、大丈夫かな……」

小関の表情は晴れない。中野については最初に注意されてから、もう一年半になるが、いままでこれといってなにもされなかった。いまでは小関の取り越し苦労ではないかと思っている。そう言うと、小関はため息をついた。

「あのなぁ、なんにもしてこないから安全とは限らないだろ。あいつのおかしな目つき、ヤバいと思わないのか？　接触してこないからこそ、なにを考えているかわからないじゃないか」

「そうなのか？」

「俺みたいにさ、興味があるなら声をかけて友達になるのが普通だ。あんなふうにじーっと見つめてくるだけなんて、異常だよ」

「心配してくれているのか」

「当然だろ」

間髪入れずにきっぱりと言い切る小関は、やはり善良な人間だ。信頼に値する。

「ありがとう。とても嬉しい」

微笑みながら心からお礼を言ったら、小関が言葉に詰まった。しばし絶句し、テーブルに突っ伏すように顔を伏せた。

「おまえ……それは反則だろ……」

「なにが？　礼を言ってはいけなかったか？」

「いや、いつもツンツンしているのがデレると、かなり強烈っつーか、かわいいっつーか……」

「ツンツン？　デレる？」

ときどき小関が使う単語が理解できない。首を傾げていると、小関が「わからなくていい」と赤くなった顔を上げた。

「ヤバい、香乃子《かのこ》ちゃんに会わなきゃ、道を踏み外してしまうかもしれない…っ」

香乃子というのは小関の恋人だ。なんだ、好きな娘《こ》に会いたくて落ち着かないだけかと、清彦は頷いた。


清彦の誕生日パーティーを明日に控え、克則は決められたスケジュールをこなすべく、必死になっていた。頑張ってはいても、予定というのは若干のずれを生むこともある。しかも克則の精神状態は不安定だ。秘書の河合がフォローしてくれてはいても、余計に時間がかかることもあった。そういうときは、やむを得ず食事や休憩の時間を削る。

だから重彦から連絡があったときすぐに応じることができたのは、まさに奇跡だった。会議がひとつ延期になったのだ。これはもう神が克則に味方してくれたとしか思えなかった。

『清彦の友人の小関君を捕まえた。君の会社に連れていくから、待っていろ』

そんなメールに、克則は「よし」と拳を握った。これで清彦の不可解な態度について、なんらかのヒントが得られるかもしれない。

「河合、いまから来客がある」

「お客様ですか？」

急な来客に、河合がすこし驚いた顔になる。このクソ忙しいときになんだと思ったとしても、それを口には出さない。

「重彦と、もう一人、清彦の友人だ。お茶の用意をしておいてくれないか」

「かしこまりました」

昨日も今日も、克則のそばでずっと助けてくれていた河合が、反応よく笑顔で請け負ってくれる。重彦が来るなら、用件は清彦以外にはあり得ない。克則の不調が改善されるなら嬉しいと、その目が言っていた。

それからすぐに、副社長室のドアがノックされた。一階の総合受付に秘書課の人間を向かわせていたので、重彦が案内されてやってきた。見知らぬ青年を連れて。

この男が清彦の友人か——と、克則はつい値踏みするような目つきになってしまった。重彦よりもちょっとだけ身長が高い小関は、いまどきの大学生風だった。すらりとしたプロポーションだが軟弱な感じはせず、爽やかな雰囲気と清潔感のあるお洒落な服装、目鼻立ちもすっきり整っている。美形というほどではないが、そこそこ格好いいので女にモテそうだ。

「やあ、よく来てくれたね」

克則は鷹揚《おうよう》な態度で重彦と小関を迎え入れた。重彦は小関を促し、克則の前へ立たせた。

「はじめまして、小関守といいます。K大経済学部二年です」

いきなり長谷川グループ日本本社の副社長室に連れて来られて驚いているだろうに、小関は堂々としていた。それもそうか、ただの大学生ではない。オーキッド化粧品の社長令息だ。生まれながらの御曹司《おんぞうし》ではないが、父親のビジネス関係者にまったく会ったことがないということはないだろう。

「はじめまして、長谷川克則だ。会えて嬉しいよ」

「僕も嬉しいです。まさかいま話題の人にお会いできるとは、思ってもいませんでした」

克則が右手を出すと、小関は自然な動作で握手してきた。やはり場馴れしている。普通の日本人の学生にとって、握手は一般的な挨拶ではない。

「今泉のお兄さんに声をかけられたときは驚きましたが、まさか長谷川グループの長谷川克則副社長とこんなふうに話せるなんて……」

「まあ、とにかく二人とも座ってくれ」

応接用のソファセットに三人は腰を落ち着けた。そのタイミングで河合がコーヒーを運んで来てくれる。柔和な笑顔で応対しながら、河合が小関をがっつり観察しているのが見て取れた。

「ここに向かう途中の車の中で、清彦の学生生活については、すこし聞いたんだ。わりとまともに過ごしているみたいだぞ」

重彦がコーヒーを一口飲み、さりげなく話をはじめる。清彦が講義を受けている姿を想像しながら、克則もコーヒーを飲んだ。

小関が重彦と克則をちらりと見てから、「あの……」と遠慮がちに口を開く。

「俺、どうして今日ここに連れてこられたんでしょうか？」

「……どうする、克則」

重彦が克則を見遣ってきた。ついで腕時計で時間を確認している。

「小関君もそう暇ではないだろうし、おまえも仕事があるだろう」

時間にそう余裕がないのは確かだ。重彦に任せていたら本題に入るころには夜中になってしまうかもしれない。克則はひとつ息をついて、小関を正面から見据えた。

「……小関君、その、最近、清彦君に変わったところはないか？」

「変わったところ、ですか？」

小関はきょとんとした。質問の意味がわからないのか、首を傾げている。

「あいつはもともと変わっていますからね……。どういう点についてですか？」

「興味を引かれた人物が現れたとか、なにか心境の変化が起こるような出来事に遭遇したとか」

「興味……心境の変化……？」

思いつくことがないのか、小関は眉間に皺を寄せて虚空を見つめている。その難しい顔のまま、克則を見てきた。

「清彦君と恋愛の話はしないのか？」

「恋愛……？」

あ、と小関がなにかに思い至ったように目を見開いた。

「もしかして、今泉の彼氏って、長谷川さんですか？」

ちょうどコーヒーを飲んでいた重彦が喉でぐっと変な音を立てて、ついで咳《せ》きこんだ。コーヒーが気管支にでも入ったのだろう。克則も言い当てられて驚愕したが、重彦のどさくさに紛れて即行で立ち直った。

「君は、清彦君から同性の恋人がいると聞いていたんだね」

否定しなかった克則を、小関は指摘しておきながら啞然としたまま見つめている。「マジか……」とうっかりこぼれてしまったらしい若者言葉に気づき、慌てて片手で口を覆った。

「す、すみません。えー…と、すごく驚いてしまって……」

「いや、それはいい」

小関が驚くのは無理もない。

清彦への愛は本物だ。だれにも恥じることはない。ただ、長谷川グループで頭角を現しはじめている克則が、十七歳も年下の清彦に惚れているのが、傍《はた》から見たらちょっとキているることくらいわかっている。本来なら、克則はとうに良家の娘と結婚して家庭を築いているころだ。

「あの、聞いていたといっても『同性の恋人がいて、年上の社会人』ってくらいの情報です。今泉は恋人がどういう人なのか、まったく教えてくれませんでした」

「そうか……なにかほかに、清彦君は言っていなかったか？」

「昨日、彼氏とケンカしたのかって聞いたら、それには曖昧な返事だったんですけど、自分は悪くないって。あなたが今泉に嘘をついたって主張していましたよ」

「嘘？　俺が清彦君に嘘をついたって？」

「おまえ、嘘をついたのかっ」

重彦が怒りの形相で指を突きつけてきたので、克則は慌てて否定した。

「そんな……覚えはない。そもそもどうして俺が清彦君に嘘をつかなければならないんだ？」

「お見合いをしたことを話してくれなかったって、言ってました」

克則はぎょっと目を剝《む》いて硬直してしまった。絶句した克則を、重彦が眇《すが》めた目で睨んでくる。

「おい、おまえ、いつ見合いしたんだよ。四年前に清彦に告白してからこっち、そういうのは一切断る、遊びでも女とは寝ない、清い体でいるって誓ったよな！」

「俺は清い体だぞ。誓いは破っていない。ちょっと待て、思い当たるのはあれしかないが、どうして清彦君が知っているんだ……」

「見合いしたんじゃないか。隠すなよ、バカ野郎っ」

「隠したつもりはない。あれは、本当に知らなかったんだ。仕組まれて、無理やり会わされただけだ。

俺はすぐに断った」

　男ばかり三人だけのゴルフのはずが、行ってみたら女が来ていた。ここのところの見合いらしい見合いは、あれくらいだ。重彦に誓った通り、克則は縁談を断り続けている。

「……そうか、俺のスケジュール……」

　二カ月ほど前、清彦が克則のスケジュールを知りたいと河合に連絡を取ってきたことがあった。あのときは清彦を信用しているからと深く考えることなく教えてしまったが、まさかこんな落とし穴が待っていたなんて。

　清彦はきっと克則の出先まで足を運んだのだ。それがたまたまあの日、あのゴルフ場だった。そして菱田の姪と克則が一緒にいるのを見たのだろう。それか、七瀬と菱田がそれらしいことを話しているのを聞いてしまったか……。

「そうだ、あの日の夜の電話、清彦君は様子がおかしかったような気が……」

　隠していることはないか、話しておかなければいけないことはないかと、清彦は訊ねてきた。克則はなにもないと答えた。克則にとってあの見合いは断る以外の選択肢はなく、わざわざ清彦に報告するほどのことではなかったからだ。

「……それで清彦君は……」

　克則の求愛を断ったのか。

　清彦が腹を立てるのは当然だろう。恋人が見合いをして、それを隠していたら、不審に思う。あえて話さなかったことを、嘘をついたと弾劾するのも、行き過ぎだとは非難できない。清彦にとっては、それだけ大きな出来事だったのだ。

克則は、清彦を悲しませて怒らせたことに気づかず、なんのフォローもしてこなかった。だから誕生日の夜、清彦は拒んだのだ。やっとわかった。

「ありがとう。君はいい青年だ」

克則が感激してがっしりと手を握ると、小関に「痛いです」と微笑みながら文句を言われた。

土曜日になった。パーティー会場のホテルに行く前に軽く昼食をとり、清彦はこの日のために新調されたクリーム色のスーツに袖を通した。柔らかな素材で清彦の体に添うようにつくられたジャケットは、ストレッチ性があり動きやすい。パーティーは立食だし、正装でなくともいいだろうと、重彦が知人のデザイナーに依頼して作らせたそうだ。最初から清彦をイメージして作られたスーツは清楚で若々しく、使用人頭は清彦を見つめて微笑んだ。

「よくお似合いです」

目尻がうっすらと光って見えるのは錯覚ではないだろう。清彦が生まれる前から今泉家に仕えている使用人頭は、多くを語らなくとも心から成人を祝ってくれている。しみじみとした口調で褒《ほ》められて、清彦は「ありがとう」と返した。

胸にポケットチーフを入れ、内ポケットには携帯電話を入れる。そしてワイシャツの襟裏に仕込んだ発信器が正確に機能しているかどうか、使用人頭が手慣れた操作で確認した。外出するとき、清彦はかならずどこかに発信器をつける。保険のようなものだ。実際に誘拐等の危険な目にあったことはない。

「じゃあ、行ってくる」

「行ってらっしゃいませ」

使用人頭だけでなく、そのとき屋敷にいた使用人のほとんどが玄関まで見送りに出てきてくれた。

運転手がいつもピカピカに磨いてくれている清彦専用の黒いロールスロイスに乗り、Tホテルへと向かう。白い手袋をはめた手でハンドルを握りながら、運転手が弾んだ声を出す。

「いい天気になりましたね。清彦様の二十歳の誕生日を祝う、最高の日ですよ」

「そうかな……」

清彦は苦笑して、そっと息を吐いた。目出たい日に憂鬱そうな顔はできないと、家の中では気を遣った。だが会場に着くまでの車中なら、多少はいいだろう。

今日はきっと克則が来る。三日前の拒絶がいったいどういうことなのかと、問い詰めてくるだろうか。それとも、もう終わったことだと清彦になにも言ってこないだろうか。もしかしたら、最悪の場合、欠席することもあり得る。

いまからでも重彦に確かめようかと、清彦は内ポケットの携帯電話に手を伸ばす。だが取りだそうとして躊躇《ちゅうちょ》した。こちらから折れるのは不本意なのだから、克則の出欠を確認するのは避けたい。そもそも悪いのは克則だ。どうしても清彦が欲しければ、必死になって追いかければいい。

そう、追いかけてくればいいのに、ちまちまとメールと電話をしてくるだけだ。なりふり構わず今泉邸に押しかけてくるぐらいのことをすればいいのに。

清彦はぐるぐるとそんなことを考えながら、窓の外を眺めた。車はあいかわらずの安全運転で高級住宅街をゆっくりと走っていく。道幅はそんなに広くない。乗用車二台がなんとかすれ違えるていどの道だ。平日の朝は出勤の車で若干混雑するが、土曜日の昼下がりは空いていた。ほかに車はいない。

ぼんやりと流れていく景色に顔を向けていた清彦は、ふっと視界が陰ったことに気づき、視線を上げた。急に雲が出てきて太陽を隠したのかと思ったのだ。

ちがっていた。清彦がいる窓際にオートバイがぴったりと並走している。フルフェイスのヘルメットをかぶっているので顔は見えないが、がっしりとした体つきからライダーは間違いなく男だろう。

ロールスロイスはオートバイに道を空けようとしてか、左側に寄った。右側から追い越していくと思われたが、なぜか並走したままだ。そのうち清彦が乗っている車は減速して、停車した。どうしたのかなとフロントウィンドから前方を見遣れば、ワンボックスカーが道を塞ぐようにして停車している。ハザードランプを点灯させているところを見ると、いますぐ移動しそうにない。こんな狭い道で迷惑な行為だ。

「清彦様、どういたしましょうか」

運転手が振り返って指示を求めてきた。とりたてて急いではいないが、前の車になにか非常事態でも起こっていたらいけない。

「ちょっと様子を見てきましょうか？」

運転手もおなじことを考えたらしく、清彦が頷くとドアを開けて外に出た。並走していたオートバイはどこへ行ったのかと周囲を見渡すと、ロールスロイスの後ろに停車している。ライダーは下りていたが、ヘルメットはかぶったままだ。

運転手が前の車の運転席を窺《うかが》い、なにやら話しかけているのを、清彦は後部座席に座ったまま眺めた。たいした問題ではないと、ここまでは思っていたのだが、その直後に雰囲気が一変した。

ワンボックスカーの左側のスライドドアが開いたのが見えた。そこからぞろぞろと人が下りてくる。

「……えっ……？」

三人、いや四人。体格や動作から全員が男らしく、年齢はわからない。なぜなら濃いサングラスと大きなマスクで顔を隠していたからだ。四人とも似たような薄汚れたジャンパーとニット帽を身につけている。

四人はワンボックスカーの右側へ回りこみ、運転手を囲んだ。一人の男が運転手を殴りつけたのが見えた。息を呑んで、ジャケットの内ポケットに手を入れる。携帯電話を出し、警察に通報するため操作しようとしたが――。

「はーい、そこまで」

ロックされていなかった運転席のドアが外から開けられた。フルフェイスのヘルメットがぬっと車内に入ってくる。ヘルメットのデザインから、さっきのライダーであることは間違いない。

グローブをはめた手が前の座席の間から後部座席に突きつけられる。ぎらりと不穏な光を反射するナイフが握られていた。ロールスロイスの車内は広い。運転席と助手席の間から身を乗り出されてナイフを突きつけられても、すぐには届かない。清彦はライダーからは反対側にある助手席の後ろのドアから外に出ようとした。ロックを解除してドアを開ける。だが外には出られなかった。

「ごめんねー。逃げられないんだよ」

ジャンパーとニット帽、サングラスとマスクの男が、そこに立っていた。手にはナイフ。男は空いている方の手でマスクをぐっと顎まで下ろし、清彦にニッと笑って見せた。

「おとなしくしててくれる？　ケガさせたくないからさ」

緊張感のない口調でそう命じられたが、内容よりも男の歯並びが最悪なのを目にして、清彦は御曹司らしく気分が悪くなったのだった。


克則がパーティー会場であるTホテルに到着したとき、なんとなく落ち着かない空気を感じた。

老舗ホテルの従業員たちは教育が行き届いていて、表面的にはいつも通りだ。だが不穏な雰囲気は隠しようがない。なにかあったのかな、と周囲に油断なく視線をめぐらせながらボールルームのある階へと向かう。

そろそろ清彦が着いて、控室に入る時間だった。できるならパーティーの前に清彦を捕まえて話がしたいと思い、克則は早めに来たのだ。

「あ、長谷川さん」

ロビーのソファで寛《くつろ》いでいた青年に声をかけられた。足を止めると、清彦の友人である小関だった。

スーツ姿の小関は学生には見えないほど落ち着いた男になっている。やはり場馴れしていた。ごく普通の学生なら、ホテルで政財界の重鎮が集まる場面を想像しただけで怖気《おじけ》づくだろう。小関は克則に微笑んだ。

「こんにちは、早いですね」

「小関君、先日は失礼した。君も早いな」

「今泉に早く来てくれって言われていたんですよ。話し相手が欲しかったみたいで。でも、まだ今泉が到着していないんですよね」

小関の言葉に、克則はこの落ち着かない空気の理由を知った。清彦は時間に正確だ。早めに会場入りすると決めていたなら、それを違えることはない。道路事情で遅れることがあれば、そう連絡してくるはず。じきに到着するとわかっていたら、こんな雰囲気にはなっていないだろう。

克則は踵《きびす》を返すと、ほとんど走るような勢いで会場へ足を向けた。慌てて小関が追いかけてきた。

「どうかしたんですか？」

聞かれたが答えるよりも先に重彦を見つけて話を聞くのが先だった。

ボールルームの前には受付が設けられており、会場はまだ閉め切られている。受付付近に重彦の姿があった。スーツの男女、数人と話しこんでいる。

「重彦」

「ああ、克則」

重彦が険しい表情で振り返る。やはりなにかあったのだと、克則は確信した。重彦を囲んでいたのは、ホテルのスタッフと今泉グループの社員らしい。

「どうした？　なにかあったのか？」

声を潜めて訊ねると、重彦が「じつは……」と告げてきた内容は、ある意味、想像通りだった。

「清彦がまだ到着していない。自宅を出てから一時間以上がたっている」

「携帯にかけてみたか？」

「呼び出し音は鳴るが、応答はない。電源が切られていないので、携帯の現在地は追跡できている。新宿《しんじゅく》あたりだ」

清彦が寄り道をするとは考えにくい。そもそも新宿は自宅とホテルの位置からして、ちょっと寄り道という方角ではなかった。

「清彦の服には発信器がつけられているんだが、これが携帯とは場所がちがうところで反応している」

「どこだ」

「渋谷《しぶや》。どちらにも、いまうちのグループの警備会社に、向かってもらっている」

重彦が視線で示した先には、壁際でどこかと携帯電話で話をしている男がいた。三十代半ばと思われる男はスーツ姿ではあるが、インカムをつけているし、腰に特殊警棒のようなものをぶらさげている。あたりまえのことだが、ホテル側の手配した警備員だけでなく、重彦がグループ内の会社に依頼した警備員が多数、パーティー会場とその出席者を守るために配備されているのだ。

「乗っていたのは清彦専用のロールスだが、これがまだ発見されていない。目立つ車種だから、すぐに判明すると思うんだが……」

「警察は？」

「まだなにも通報していない。ただの寄り道かもしれないし……こんな日に、大事《おおごと》にはしたくない」

重彦はため息をついて視線を落とす。ただの寄り道とは思えないが、今日は今泉家の秘蔵っ子がお披露目《ひろめ》される日だ。政財界の重鎮と、グループの重役たちが、この日のためにスケジュールを空けて集まってくるのだ。こちらの都合で中止にするわけにはいかない。今泉家だけでなくグループ全体の信用問題になってしまう。

「重彦さん、ロールスが見つかりました」

携帯電話を切りながら、壁際で話していた男が駆け寄ってきた。左胸に『警備責任者　今泉敏郎《としろう》』とある。この男は今泉一族の者らしい。そういう目で見れば、どことなく上品な顔立ちで、重彦に似ているような気がする。

「羽田《はねだ》空港の近くの路上に放置されていたようです」

緊張した口調で報告された内容に、その場が凍りついた。あきらかに異常事態だ。このホテルに向かっているはずの車が、どうして羽田空港の近くにいる？

「運転手は？」

「手足を拘束された状態でトランクの中に。軽傷のみで意識ははっきりしているそうです」

「そうか……」

重彦が額を手で押さえながら、ひとつ息をつく。

清彦になにかがあったのだ。

おそらく、これは誘拐だ。運転手が殺されていなかったのは幸いだが、だからといって清彦が無傷でいるとは限らない。

目的はなんだろう。清彦と携帯電話と車が別々の場所にあることから、複数犯であるのは明確だ。

身代金目的の営利誘拐だろうか。それとも――。

最悪の事態を想像して、克則は青くなった。清彦自身が目的ならば、犯人からの交渉は望めない。

「とりあえず控室に移動しよう。小関君もおいで」

重彦の指示で受付に人を残し、あらかじめ用意されていた今泉グループ社員用の控室に場所を移した。警備の敏郎がパソコンを立ちあげ、警備会社の情報センターから送られてくるという都内の地図を表示する。渋谷の地図上に小さな赤が点滅していた。

「これが清彦さんだと思われます」

「停止しているんだな？」

「そのようです」

「正確な位置はわかるのか？」

「わかります。我が社の最寄りの待機所から、すでに社員が向かっていますので」

敏郎が答えた直後に、パソコンの横に置いた携帯電話が鳴った。反応よく敏郎が取る。二言三言話してから、重彦に差し出す。

「運転手からです」

重彦は奪うように受け取ると、「もしもし？」と上ずった声を出した。「うん、それで？」とか、「謝罪はあとだ」という重彦の受け答えがもどかしい。克則は携帯電話をもぎ取りたい衝動と闘わなければならなかった。

この場で、克則は部外者に近い。清彦の恋人になりかけた、重彦の友人でしかないのだ。率先して電話に出る権利はなかった。悔しい。清彦をだれよりも愛している自信はあるのに、部外者なんて。

清彦が無事に帰ってきて、仲直りができたならば、すぐにでも籍を入れたいと克則は真剣に思った。

清彦の一番の身内になりたい。清彦の一番近くにいたい。

「拉致現場は自宅の近くだということがわかった。複数犯であることからも、計画的な犯行だ」

重彦は通話を切ると、携帯電話を敏郎に返した。

「今日、ここで清彦の誕生日パーティーが開かれることを知っていて、清彦が家を出る時間と、通る道の見当をつけて待ち伏せ、運転手を殴って気絶させた隙に、別の車で清彦を拉致した」

「身代金目的だと思うか？」

克則の問いに、重彦は「わからない」と首を横に振る。

「犯人からなんらかの連絡があるまで、それはわからない」

犯人以外、まだだれも犯行目的はわからない。そのうち連絡があるだろう。だが、もし待っていても連絡がなかったら？　そのあいだに清彦の命が危うくなってしまったら？

「発信器は服のどこにつけてあったんだ？」

「使用人頭の話だと、ワイシャツの襟の裏だそうだ」

「携帯を取り上げる際にジャケットを脱がすことはあっても、ワイシャツまでは脱がさないだろう。すべて着替えさせていたらアウトだが——現在地は渋谷なんだな？　俺も向かわせてくれ」

じっとしていられずに克則がそう言い出すと、重彦は「バカなことを言うな」と一蹴《いっしゅう》した。小関も唖然として克則を見ている。

「清彦を心配してくれる気持ちはありがたいが、おまえは長谷川グループにとって大切な身だろう。もしものことがあったらどうする。そんな危険な目にあわせられない」

「大丈夫だ、俺は頑丈にできている」

「だからそういう次元の話じゃないだろう」

重彦が悩ましげにため息をつく。そこに携帯電話の着信音が鳴った。敏郎のものではない。重彦がスーツのポケットから出した携帯電話だった。表示されている通信相手の名前に、重彦が目を見開く。

「清彦の携帯からだ……」

「犯人です」

敏郎が素早く反応して「会話が聞こえるようにしてください。あと、録音もして」と重彦に命じた。

慌てて重彦が操作をする。そして通話をオンにした。

「……もしもし？」

『今泉重彦か？』

ボイスチェンジャーを使用していると思われる耳障りな声が聞こえてきた。

「そうだ。君はだれだ？」

『われわれは革命の騎士だ。あんたの弟を預かっている。現金五億円と交換だ』

革命の騎士だ？　克則はふざけた名前に怒りを爆発させそうになってしまう。しかも五億円なんて、清彦の命の値段としては安すぎる。今泉家と長谷川家をバカにしているとしか思えない。いや、犯人たちは長谷川家との関わりなど知らないか。

「清彦は無事なんだな？」

『いまのところは無事だ。今後はわからない。警察には通報するなよ。この電話は人質とは別の場所からかけている。常に移動するから、ＧＰＳで追っかけてきても無駄だからな』

「わかった」

重彦はおとなしく返事をしながら、克則と敏郎に目配せしてきた。犯人たちは清彦のワイシャツにつけられた発信器には気づいていないようだ。これなら救出のチャンスは十分にある。

「身代金は五億なんだな。いつまでに用意すればいい？」

『天下の今泉家ならすぐにでも準備できるだろ？　一時間で用意しろ。一時間後にまた連絡する』

それだけ告げて、通話は一方的に切れた。息を殺して会話を聞いていた面々は、とめていた息を一斉に吐く。

「俺は行くぞ」

ぐずぐずしていたら清彦の発信器が見つかってしまうかもしれない。一刻も早く駆けつけて、清彦を助け出し、この腕に抱きしめたかった。

「克則、おまえはここにいろ」

「ここで重彦と小関君と顔を突きあわせていてもなにもならない。おまえはここで待機だ。金の工面をしろ。今泉のメインバンクはどこだ？　現金が足らないようなら、うちの銀行に話をつけるぞ」

「ありがとう。それは助かる」

素直に頼ってくる重彦にひとつ頷き、克則は自分の携帯電話で河合に連絡した。緊急事態で、すぐに億単位の現金が必要だと告げる。河合は驚いていたが、そんな無茶を言い出すにはなにか理由があるとすぐに察したらしく、「わかりました」とだけ返してきた。あとは重彦と話をしてくれと、通話を切った。

敏郎に向きなおり、克則は深々と頭を下げた。

「頼む。俺を発信器の場所まで連れていってくれ。この通りだ」

床に膝をつき、両手まで下ろそうとした克則を、重彦と敏郎が二人してとめた。

「おい、土下座はやめろ。長谷川克則ともあろう男が、なにやってんだっ」

「連れていってもらえるなら、なんでもやる」

「わかった、わかったから」

結局は重彦が折れてくれた。敏郎が配下の者に連絡をつけ、克則を渋谷まで連れていくことになった。重彦は対策室になった控室で犯人からの電話を待つ。そのあいだに河合と話し、現金の用意を進めることとなった。

「頼むから、無茶はしないでくれ。清彦は、たしかに今泉家の至宝だが、おまえの命と引き換えにしては長谷川家に顔向けできない」

部屋を出ていこうとする克則を、重彦が引きとめてそう言った。重彦は内面の葛藤《かっとう》を瞳にこめていたが、弱音は吐かなかった。

「企業を経営する以上、どこでどういった恨みを買うかわからないし営利誘拐の危険は常につきまとう。俺も清彦も、子供のときからそういう教育を受けてきた。なにかがあったとき、覚悟を決めるようにと――。由緒ある今泉家に生まれて、無様な死に方だけはするなというのが、祖父の教えだった。

いざとなったら家の名誉のために犠牲になれとね」

「おい、そんなこと……」

とんでもない教育を施されてきたものだ。嘘だと思いたいが、重彦はこの期に及んで冗談など言わないだろう。

「おそらく清彦はもう覚悟を決めている。早く救出しないと、犯人の手にかかる前に、清彦がみずから潔く死を選ぶ可能性もある」

「そんなことはさせない」

「そうだ。させないでくれ」

重彦の目が潤んでいる。克則はなにがなんでも清彦を無事に助け出してみせると心に誓い、ホテルをあとにした。


清彦は連れてこられた部屋をぐるりと見渡し、なんだかぺらぺらとした印象を受ける内装だなと思った。カップルに一時間いくらで貸しだす部屋なのだから、清彦が旅先で利用するようなホテルとは違うのは当然だろう。わりと広い室内の中央にはダブルサイズのベッドがひとつ。赤い花柄のカバーがかけられた布団は、お世辞にも趣味がいいとは言えなかった。

「トイレはこっち。ガラス張りだから丸見えだけど、我慢してね」

サングラスとマスクを取った歯並びの悪い男が示した先には、本当にガラス張りのトイレがあった。洋式便座がこちらを向いている。便座の横には大きなバスタブがあり、シャワーカーテンの類はない。つまり、すべてがこちらから丸見えなのだ。ラブホテルとは、みんなこういう造りなのだろうか。入浴シーンを眺めるのはわかるが、排泄《はいせつ》しているところを見てなにが面白いのか、理解に苦しむ。

「あんたの見張りはいまオレだけだけど、逃げようなんて思わない方がいいよ。ここは料金を払わないと内側からはドアが開かないから。あんた、金持ってないだろ。オレも持ってないから」

金を持った共犯者が、あとからやってくるということだろうか。

清彦はとりあえずベッドの横に置かれているソファに座った。柔らかすぎるクッションに腰が沈む。色は赤で、張り地は合皮のようだ。清彦の美的感覚ではあり得ないほど雑な作りをしていて気に入らないが、ほかに座る場所がない。ベッドに腰かける気にはならなかった。

「へへへ……」

男はにやにやと笑いながら、清彦に近づいてくる。歯並びを見たくなくて、清彦は視線を逸らした。

「あんた、マジできれいだな。ナカちゃんが言ってた通りだ」

移動中の車中でも散々見たくせに、あらためて観察されるのは気持ちが悪いが、「ナカちゃん」という新しい情報が入った。その人物は清彦を以前から知っていたのだろう。もしかしたら主犯かもしれない。

「僕の運転手は無事なんだろうな」

「無事だと思うよ。そっちは俺、係りじゃないからわかんねぇけど、どっか遠いとこまで運んで放っておくってことになってたはず。殺しはやっぱ怖いでしょ」

男はまたへへへと笑った。清彦は黙っていたが、腹の中では怒りが渦巻いている。

この軽さはなんだ。車を襲い、運転手を殴り倒して、清彦を誘拐した。とんでもない犯罪だという自覚はあるのだろうか。きっといまごろ、異変を察知した重彦が血眼になって清彦を探しているだろう。運良く襟裏に仕込んだ発信器は気づかれていない。携帯電話だけを取り上げて、犯人たちは満足してしまった。発信器なんてものがこの世に存在しているとは、思ってもいないのかもしれない。

「これは営利誘拐なのか？」

「あー…うん、まあね。ナカちゃんは金なんか欲しくないって言ってたけど、ほかの奴らが金目当てで集まったから、とりあえず要求はしないとね」

清彦を知っている「ナカちゃん」は金目的ではない――。嫌な感じだ。全員が大金目的なら話は早いし簡単だ。取り引きが成立しやすい。だが犯行目的が金ではないのなら、ややこしくなる。清彦を知っていて、金はいらないとなると、最悪のパターンが思いついてしまうではないか。

「あ、来たかな」

ドアがコンコンとノックされた。男が「はーい」と返事をしながら、ココンコンと変則的なノックで返している。それが合図だったのだろう、外からドアが開いた。現れた人物を見て、清彦は唖然とした。フルフェイスのヘルメットを抱えて戸口に立ったのは、中野将太だったのだ――。

一重の目と鷲鼻、張ったエラは、間違いなく中野だ。手に持っているヘルメットは、ついさっきロールスロイスが路上で襲われたとき、後ろにいたライダーがかぶっていたものとおなじデザインのように見える。あのライダーは、運転手が殴り倒されたあと、清彦にナイフを突きつけてきた。

それが、中野だった……？　では歯並びの悪いこの男が「ナカちゃん」と呼んでいたのは、中野のことだったのか？

「よう、今泉」

中野はニヤリと笑って中に入ってきた。持っていたヘルメットを男に渡す。

「コーキ、これ持ってモニター室に行ってろ」

「はーい」

コーキと呼ばれた男はヘルメットを大切そうに抱えて、開けたままだったドアから廊下へと出ていった。中野とコーキの間には上下関係があるようだ。コーキは中野の言動には一切、逆らわないように躾《しつ》けられているのかもしれない。

清彦はソファに座ったまま、かたわらに立った中野を見上げた。

「ずいぶんおとなしいな。もしかして助けが来ると思ってんのか？　残念だな。俺たちはそんなヘマはしていない。逃げようなんて無駄なことは考えないことだな。このホテルはコーキの親父の持ち物なんだ。館内の監視カメラをすべてモニター室で見ることができる。そこにコーキだけじゃなく、ほかの仲間も詰めてるから、なんとかしてこの部屋から出られたとしてもすぐに見つかるぞ」

「そうか」

聞いてもいないのに貴重な情報をぺらぺらと喋ってくれるとは、ありがたい。清彦は鷹揚に頷いて、もっと話してくれないかなと、中野に視線で促してみた。だが意図は正確に伝わらなかったようだ。

中野は眉間に皺を寄せて不機嫌そうになった。

「なに余裕ぶっこいてんだよ。いまから自分がどんな目にあうか、わかってんのか？」

「……僕は、どんな目にあうのだ？」

なんとなく察することはできていたが首を傾げてみせると、中野は嫌な感じに目を眇めた。

「俺に強姦《ごうかん》されるんだよ」

想像した中で、もっとも避けたい事態をはっきりと告げられて、清彦はため息をついた。「ナカちゃん」という人物は清彦を知っていて、金目的ではないと聞いたときに、そうではないかと思っていたが――。やはり清彦自身が目的だったのだ。

清彦は中野の全身を値踏みするようにして隅から隅まで視線でたどった。スタイルは悪くない、顔は個性的だが嫌悪感を抱くほどではない。こんな手段に出てしまうほど、中野は清彦に興味を抱いていたのだろう。小関が気づいた入学直後からずっと。

けれどももっとも肝心な清彦の心は、すでに克則のものだった。中野がどれほど魅力的な男だろうと、清彦の気持ちを一ミリたりとも動かすことはできない。強姦されても、それはただの暴力であり、愛の行為にはなり得ないだろう。

こんなことなら、とっとと克則にすべてを捧げておくのだった。克則は心底、後悔した。この体はだれの手も知らない。正真正銘、まっさらだ。そのうち克則に染められるだろうと思っていたが、まさかここで大学の同期生に奪われることになろうとは。

そもそも克則が、二十歳になるまで手を出さないなどと誓ってしまったのが悪い。清彦が告白を受け入れたとき、あるいはすこし待ったとしても高校を卒業したときに、我慢などせず抱いてくれればよかったのだ。最悪もいいところだ。

克則に会いたい……。胸が引き絞られるように痛んだ。

誕生日の夜、克則の求愛を一蹴してしまった。あのとき素直に「僕も愛している。この日を待っていた」と言って克則の胸に飛びこんでいれば、こんなすれ違い状態のまま拉致されることはなかった。

一言、たった一言でいいから、「あれは本心ではない」と打ち明けて謝罪をし、許しを請うことができていれば――こんな卑怯な手を使う中野などに純潔を捧げることにはならなかっただろう。

清彦は深呼吸して波立つ気持ちを鎮めようと努力した。ここで動揺してはダメだ。冷静になって、状況を見極めなければならない。強姦されるだけでなく、もし映像に残されて今泉家への脅迫材料にでもされたら困る。金銭的な負担どうこうではなく、清彦が家名に泥を塗ることになるのだ。

「この部屋にも監視カメラがあるのか？」

「あるぜ。客には見つからないように隠してあるが」

「僕たちの行為が、モニター室にいる人間に見られてしまうのでは？」

「見られたってべつに構わねぇよ。むしろ観客がいると思うと燃えるね。嫌がる今泉をよがらせてひぃひぃ言わせる俺のテクを、コーキたちに見せつけてやるぜ」

なるほど、中野は変態だったわけだ。清彦はこれから見せものにされる。カメラがあるのなら、その映像を残すことは可能だろう。清彦は覚悟を決めなければならないかもしれない。

「俺にヤラれるくらい、いまさらたいしたことないだろ。あんた、男の恋人がいるって小関と話していたじゃないか。どうせ毎日毎晩ヤリまくってんじゃねぇの？　御曹司の体ってのは、いったいどんなふうに極上なのか知りたくてたまんないんだよ」

ここで未経験だなどと正直に告げても信じてもらえそうにないし、悪い方向に興味を引いてしまいそうなので、清彦は黙っていた。ゆっくりと、部屋の中をあらためて見渡す。こういったホテル特有なのか、窓がない。飛びおりることはできない。ほかになにか使えそうなものはないだろうか。

刃物があれば自分で喉をかき切ることができる。しかしなにもなければ、舌を嚙むしかないかもしれない。とても痛そうだ。

もし清彦がここで儚《はかな》くなったら、克則は純潔を守るために自害したと泣いてくれるだろうか。だが重彦だけは、清彦の自害の理由は今泉家の名誉を守るためだったと理解してくれるだろう。でもそれを克則には決して言わないに違いない。重彦はそういう男だ。そのときを想像すると笑みがこぼれる。

「おい、なにがおかしいんだ。いま笑っただろ」

「ちょっとした想像笑いだ」

「余裕じゃねぇか」

中野が不愉快そうに睨んでくる。べつに余裕があるわけではないが、傍から見たらそんな感じなのだろうか。

「いつもいつも澄ました顔しやがって。今泉家ってのはずいぶん歴史のある由緒正しい家だそうだが、そんなもの現代にどれだけ通用するんだよ。ただの古い家系ってだけだろ。小関に尻尾振ってかわいがってもらってさぁ」

「…………」

「小関の野郎、今泉を独占しやがって、いつも自慢げにまわりを眺めてさぁ。ムカつくんだよ。社長の息子だからって偉そうに」

中野は清彦自身に執着があるのは確かだろうが、小関にも強烈なコンプレックスを抱いているようだ。今泉家は古いだけの家系ではないとか、小関に独占されている覚えはないだとか、反論したいことはいくつかあったが、清彦はとりあえず中野の言い分を聞いてみようと、あえて話の腰を折らないことにした。

「入学式ではじめて見たとき、とんでもねぇ美人を見つけたと思って、俺って惚れっぽいからすぐにのぼせあがってさ。でもどうやって声かけたらいいかわかんなくて、そうこうしているうちに小関の野郎が近づいて、いつもべったりくっついて行動しやがって、俺がどれだけ悔しかったかわかるか。絶対に今泉を手に入れてみせるって、俺は決めたんだ」

「その方法が誘拐だったのか？」

「仕方がないだろ。普通に近づいて、おまえが俺のものになるなんて、あり得ない。今泉にとっちゃ、俺なんか虫けらみたいな存在なんじゃねぇの。告ったって、一瞥《いちべつ》で終わりだろ」

最初から卑屈になってどうする。清彦は叱りたくなったが我慢した。小関は正面からきちんと友達になろうと言ってきた。中野もそうしてくれれば、清彦は拒まなかったかもしれない。付き合いが深くなるかどうかは相性が大切だが、清彦はどんな人物かもわからないうちから拒んだりはしない。

「俺は、逆立ちしたって小関には敵《かな》わないからさ。小関ほど金持ちじゃないし、カッコよくないし、おまえを気持ちよくさせてやれるトークもできない」

清彦はため息をつきたくなったが、かろうじて呑みこんだ。小関に軽妙なトークで気持ちよくしてもらった覚えはない。小関の経済力に頼った覚えもない。中野はすべての認識がずれている。

中野は清彦の行動範囲をずいぶんと調べて、今日の犯行を計画したのだろう。自宅の近くで待ち伏せして拉致する手際までは、とても周到だった。

だが、今泉家についてはあまり調査をしていないようだ。言葉から、オーキッド化粧品の社長子息である小関の方が、清彦よりも格上だと信じているのが窺える。確かにオーキッド化粧品は大企業だし、世間への露出は多いが、規模としては今泉グループと同程度だ。だが世襲制ではないオーキッド化粧品と一族で結束している今泉グループを比べた場合、それぞれ息子たちに受け継がれるものは桁《けた》が違う。小関は父親が大企業の社長ではあるが、一代限りであることを、よくわかっている。社長まで出世できたのは父親が優秀だっただけで、小関自身の功績でもなんでもない。その点が、小関は賢い。小関の、現状をしっかり把握して謙虚なところが、清彦は好きなのだ。

「旧家の坊ちゃんって傅《かしず》かれて育ったんだろうけど、俺は騙《だま》されねぇぞ。現に、こんなに簡単に誘拐されちまってんじゃん。どんだけ警備が手薄なんだよ」

確かに油断していたのは否めない。今後は運転手以外にもガードマンを同行させる等の変更が必要だろう。ただし、清彦が無事に戻れたらの話だが。

「今日はホテルでパーティーなんだろ。主役が現れなかったら、中止になるのか？　大変だなぁ。大騒ぎになるなぁ。ざまぁみろってんだ、一般人を舐《な》めんなよ」

中野の心情は複雑らしい。富裕層への嫉妬も抱えている。並べ立てた中野の難癖は、ほぼ清彦に原因がない。ただの言いがかりで、嫉妬で、逆恨みだ。

「どこのだれが恋人なのか知らねぇけど、俺にしておけよ。絶対にかわいがってやるからさ。小関なんかとも付き合うなよ」

結局はそこに行きつくのか。だいそれた犯罪に手を染めておきながら、ずいぶんと小さな望みだ。

根本的に人間としての器が小さく、浅はかで――つまり頭が悪いのだろう。つくづく、こんな男におのれの体を奪われるのは御免だと思ってしまう。

清彦はもう一度、室内を見渡した。どうすれば家名と貞操を守ることができるか。

ふと、視線がガラス張りのトイレでとまった。あのガラスはどれほどの強度だろうか。もしかしたらアクリル板かもしれない。本当にガラスで、たいした強度でないなら、割れるのではないか。ガラス片が手に入れば、十分使える。

清彦はおもむろに立ち上がった。すたすたとガラスに歩み寄り、透明で硬質な素材を、軽く手の甲でノックしてみた。コンコンとガラスっぽい響きの音がする。これがアクリル板なのかどうか、判別気味がつかない。

「おい、なにやってんだよ」

後ろから中野が当惑気味に声をかけてくる。

「これはガラスだろうか？」

「えっ？　ガラス…なんじゃねぇの」

「アクリル板ではなく？」

「そんなこと知らねぇよっ。こっちに来い。勝手にうろうろするんじゃねぇよ！」

中野の怒鳴り声に従ったわけではないが、清彦は踵を返してソファまで戻る。一人掛けのソファをじっと見つめた。自分の力で持ちあがるだろうかと、思案する。

「おい、なにやってんだ」

清彦は屈《かが》みこんで、ソファの下に両手を突っこんだ。力を入れてみると、なんとか持ちあがる。見た目よりも重くなかった。安物だからだろうか。

ソファを抱えて、よろよろとガラスに向きなおった。

「今泉…？　なにするんだよ。えっ？　おい、おいおい、ちょっと待て…っ！」

ソファを頭上まで持ち上げた清彦がなにをしようとしているか、中野はやっとわかったのだろう。

慌てて制止してくる声を無視して、清彦は思い切りガラスにソファを投げつけた。

「わあぁぁぁっ！」

中野の叫び声とガラスの破壊音が同時に響き渡る。ソファはガラスを突き破ったあと、便座に激突してバスタブの方に転がった。見事に割れてくれたので、アクリル板ではなかったとわかる。

清彦は使えそうなガラス片を物色しようとして、「おい、待てっ」と腕を掴まれた。振り返ると中野は目を吊《つ》り上げて顔を真っ赤にしている。

「なんてことしてくれたんだよ。あいにくと物音たてても外には漏れないぞ。坊ちゃんは使ったことがないかもしれんが、こういうホテルは防音だけはバッチリなんだよっ」

「中野、放してくれないか」

「なに？」

中野の手を振り払い、清彦は持ちやすそうな欠片を探した。持っただけで手が切れてしまっては力を入れにくいだろう。タオルで手を包んで持ったらどうだろうかと思いつき、ガラスをガシャガシャと革靴で踏みしめてバスルームに入った。洗面台の横のタオルハンガーにかかっているフェイスタオルを拝借する。

わりと細長くて持ちやすそうなガラス片を、タオル越しに掴んでみる。大丈夫そうだ。

「へぇ、坊ちゃんでもそういうこと、考えつくんだ」

中野が小馬鹿にしたように唇を歪《ゆが》めて笑った。しかし目が笑っていない。ギラギラとした攻撃的な光が放たれている。指の関節をこれみよがしにポキッと鳴らし、目を眇めてきた。ガラス片で清彦が攻撃してくると警戒しているのかもしれない。ラブホテルで二人きりになれば、清彦が観念して言いなりになると簡単に考えていたのだろう。多少の抵抗は体格差でなんとかなると思っていたなら、思いがけない展開だ。中野がにわかに暴力的になろうとしているのが感じられた。

「それ、捨てろよ。手荒なことはしたくねぇんだ。これでも優しくしたいって思ってんだぜ。ほら、そんな物騒なもん、さっさと捨てろ！」

腕を摑まれそうになり、清彦は横へ逃げた。体格差は歴然としている。捕えられたらおしまいなのは、わかりきっていた。

「おい、鬼ごっこかよ。おまえ、俺を苛《いら》つかせる天才だな！」

声を荒げながら中野が追ってくる。一部屋しかないラブホテルの個室の中で、清彦と中野はぐるぐると不毛な追いかけっこをするはめになった。中野がどんどん苛立っていく。舌打ちして一気に間合いを詰めようとしたのを見て、清彦はガラス片を振り回した。

「あっ」

こちらへと伸ばされた中野の手に、偶然にもガラス片が当たった。スパッとてのひらが切れて、血が滲んでいくのが見える。その手を見下ろし、中野の形相が変わった。

「……痛ぇぞ、おい……」

低い声に、本物の怒気がこめられている。清彦は覚悟を決めた。中野から目を離さないようにしながら、深呼吸する。ゆっくりとガラス片を自分の首に当てた。中野が意外そうに瞠目《どうもく》する。

「なにをする気だ？」

「それ以上、僕に近づくな。僕は今泉の名と、自身の貞操を守るために、ここで死ぬ」

「はぁ？　なに言ってんだ？　おまえ、武士かよ。いつの時代に生きてんだよ」

清彦は本気で宣言したのだが、中野は笑い飛ばした。確かに清彦の行動は現代にはそぐわないかもしれない。けれど清彦にとってもっとも守らなければならないのは、家名と貞操だった。ほかにはなにもない。

「このガラスで皮膚が切れるのはわかった。君の手がそれを証明してくれたから」

「くだらねぇこと言ってないで、とっととそれを捨てろよ！」

「近づくなっ」

血が滲む手をさらに伸ばしてこようとする中野から逃れながら、清彦はガラス片を持つ手にぐっと力をこめた。一気に、ためらうことなく手前に引く。それで終わる。克則は泣くだろうが、これが清彦の生き方だ。

「僕に触るな。その汚らわしい手で、この僕に触れるのではないっ」

触れてもいいのは克則だけだ。中野ではない。断じて、中野ではないのだ。

克則に会いたい――。

清彦は強烈にそう思った。愛しい男に「愛している」と告げて、きつく抱きしめてもらいたい。他人行儀な敬語をやめて、名字ではなく「克則」と名前で呼びたかった。愛しさをこめて名前を呼んだら、あの男はどんな顔をしただろうか。

一度だけでいいから、夜をともにしたかった。あの逞しい腕に抱かれて、朝まで過ごしたかった。

「克則……」

ちいさく、清彦は呟いた。目を閉じて、手に力をこめて……。

次の瞬間、ガンッと激しい音とともにドアが大きく開かれた。振り返った清彦が見たのは、なだれこんでくる数人の男たち。その先頭には血相を変えた克則がいた。

「清彦君！」

克則は中野に目もくれずに清彦に突進してきたかと思うと、攫《さら》うように抱きしめてきた。そのまま部屋の隅まで持っていかれて、手からガラス片を取り上げられる。克則の肩越しに、次々と部屋に駆けこんでくる男たちに取り押さえられる中野が見えた。中野は茫然としていて、ほぼ無抵抗になっている。

「き、清彦君、大丈夫か？　どこかにケガは？」

克則が青い顔で清彦を覗きこんできた。「なにも……」と掠《かす》れた声で答えると、克則は魂が抜けてしまうのではないかと心配するほどの深い息をつき、あらためて清彦をぎゅっと抱きしめてきた。

「……よかった……無事で、本当に……よかった……」

しみじみと呟かれた克則の言葉に、清彦は助かったことを実感した。やはり発信器のおかげで、この場所が特定できたのだろう。拉致されてから、まだ二時間もたっていないはずだ。

「君にもしものことがあったら、俺も生きてはいられない」

「長谷川さん……」

「清彦君、君の覚悟は立派だけれど、できるなら……なにかあったとき、生きて戻ることを第一に考えてほしい」

克則が清彦を見つめながら訴えてきた。その目は涙で潤んでいる。

「この部屋に突入する前に、モニター室を制圧した。君がガラスの欠片を首に当てている光景を目にして、俺がどれだけ肝を冷やしたか、わかるか？　家名が大切なのは理解しているつもりだ。こんなところに連れこまれてなにをされそうだったのかも想像がつく。だが、命は、なににも代えがたいものだ。失《な》くしてしまったら、もう取り戻せない。君になにがあっても、俺は君を愛し続けるよ。だから、二度と死のうなんて思ってはいけない」

真剣な、心からの望みだと、克則の表情は語っている。清彦はその気迫に呑まれて、言葉を発せなくなる。なんとか、こくこくと頷いた。克則がひとつ息をつく。

「清彦君、愛しているよ。愛しているんだ、君だけを……」

三日前に、あんな酷い拒絶をしたのに、克則は許してくれるつもりだろうか。清彦の方が先に折れなければならなかったのに、克則はどこまでも清彦を甘やかす。ここで謝罪を口にしよう。あのときはごめんなさいと、一言でいいのだ。

「あの………」

「清彦さん、おケガはありませんですか？」

ちょうどそのタイミングで横から声をかけられた。部屋に駆けこんできた男たちの中の一人だ。従兄《いとこ》の今泉敏郎だった。いままさに中野を拘束して引き立てていく男たちが、警察ではなく今泉グループの警備会社の社員だとわかった。

「ケガは、ありません」

「では、すぐにホテルへ向かってください。重彦さんがお待ちです。パーティーは中止になっていません」

「わかりました」

自分の役目を思い出した。今日は大切な今泉家の行事の日なのだ。こうして救出されたからには、早くホテルに行かなければならない。

克則がそっと清彦から離れた。見下ろしてくる目はもう潤んでいない。いつものように穏やかな目で、清彦を慈しむように微笑んでいる。

「行こうか」

「はい」

克則に連れられて、清彦は渋谷のラブホテルを出た。


「乾杯！」

壇上で乾杯の音頭を取ったのは経団連《けいだんれん》の会長だった。何人もの国会議員や都知事の顔も見える。克則はそうそうたる出席者の顔ぶれに、今泉家の底力を感じた。かく言う克則もいまや時の人だ。会場の片隅でひっそりと清彦の誕生日を祝いたい気持ちだったが、周囲はそれを許してくれない。ひっきりなしに話しかけられ、自己紹介され、会談を申しこまれる。適当にそれを捌《さば》きながら、克則は人混みの向こうに見え隠れする清彦から目を離さないように努力した。

あんな事件があったとは思えないほど、清彦は落ち着いた様子で壇上に立ち、そつなくスピーチをしてのけた。乾杯のあと、壇から下りて、出席者の中でも重鎮と呼ばれる面々から順番に挨拶をしている。

パーティー自体は三十分遅れではじまったのだが、その理由について詮索する出席者はいないらしい。清彦が到着して準備が整うまでのあいだ、出席者たちの控室内では重彦が数々のサービスを繰り広げていたそうだ。飲食はもちろんのこと、急遽《きゅうきょ》、室内管弦楽団を呼んでミニリサイタルのようなものを開催した。出席者たちは「待たされている」ことに気づかないほど、至れり尽くせりだったと聞いた。さすが重彦である。心の中ではかわいい弟が心配でならなかっただろうに、おそらくおくびにも出さなかっただろう。

さっきは清彦を無事に助け出せた安堵で胸がいっぱいだったため、清彦の新しいスーツ姿をよく見ていなかった。クリーム色の優しい色合いが清彦の肌の美しさを引きたてている。ほっそりとした腰のあたりのラインが艶《なま》めかしいものの、ひ弱な印象は受けない。素晴らしい出来のスーツだった。

出席者が年配の男性ばかりだからだろうか、清彦がいる場所にスポットライトが当たっているのかと錯覚するほどに輝いて見える。やはり清彦は特別な存在だ。

美しく、気高く、清らか——そんな言葉がこれほどしっくりくる青年は、この世に清彦以外はいないだろう。愛している。心の底から、彼だけを。

清彦はいまなにを考えているのか。克則のことを、すこしは想ってくれているのなら嬉しいが……。

渋谷のラブホテルで清彦を抱きしめたとき、三日前のことなどなかったかのように、清彦は克則に抱かれて安心しきってくれていた。嫌われたわけではないと確信することができた。求愛を拒まれた事実は、もう忘れてもいいのだろうか。清彦の口からそうはっきりと聞いたわけではないので、克則はどうすればいいかわからない。

とりあえず、今夜のスイートルームの予約はキャンセルしていなかった。一晩そこで過ごすことはなくても、パーティーが終わったあと、清彦と二人きりで話をしたい。きちんと本音を晒しあって、二人の今後について納得できるまで話し合いたかった。

清彦の周囲に集まっている人垣がすくなくなったら近づいて、そっとそう伝えたいのだが、なかなかチャンスは訪れない。これはもう重彦に伝言を頼んだ方がいいだろうか。

「長谷川さん」

声をかけられて振り向けば、小関だった。克則にだけ聞こえるような音量で、「聞きました」と囁いてくる。その目は、会場の雰囲気に相応しくなく、暗かった。

「犯人は中野だったそうですね。完全に俺の落ち度です。今泉と長谷川さんには、申し訳ないことをしました」

「大学の同期だそうだな。別に君の落ち度ではないだろう？」

ホテルに戻る車中で、今回の主犯だった中野のプロフィールを電話で聞いた。清彦が中野を同期の学生だと証言してすぐにデータが上がってきたらしい。というのも、清彦の依頼で、一年半前に今泉リサーチが中野の身上調査をしていたからだ。

「入学当初から清彦君に目をつけていたらしいじゃないか」

「ええ。それに俺は気づいていました。でも放置していた。まさかこんなことをしでかすとは思ってもいなくて……」

「普通は思わないだろう」

克則も警備員に連行されていった中野の姿を思い出し、ため息をついた。彼は単純に清彦を自分のものにしたかっただけらしいが、それを営利誘拐にしたのは共犯者たちだった。そもそも共犯者たちのうち、あのラブホテルのオーナーの息子であるコーキという青年以外は、中野とは顔見知りでもなんでもなかったというから驚きだ。インターネットの裏サイトで人を集めたと聞いた。その報酬のために営利誘拐にしたという短絡的な犯行に、克則は呆れた。

スピード解決となったが、警察にはパーティーが終わり次第、被害届を出すことになっている。共犯者たちの身柄もすでに確保しているので、全員を警察に突き出す。彼らには法律に則《のっと》った順当な罰が下されることだろう。ただ報道に関してはマスコミ各社に規制を申し入れているので、おおっぴらにはニュースにならない。今泉家はあくまでも家名を重んじる一族なのだ。

「とにかく、今回の事件は君のせいじゃない。無闇と自分を責めないように」

「でも……」

「今後、もし気になることがあったら、重彦か俺に一報を入れるようにしてくれればいい。二度と清彦が危険な目にあわないようにこちらも考えるが、君も協力してほしい」

「それは、もちろんです」

小関は胸をそらして力強く頷いた。清彦のそばに小関のような友人がいてくれるのは心強い。きっと役に立ってくれることだろう。

「君はもう清彦君に挨拶したか？」

「まだです」

「では一緒に行こう」

清彦の周囲から人がいなくなるのを待っていたらパーティーが終わってしまいそうだ。それに克則がいつまでも会場の隅にいては、今泉家と不仲になったのかと疑われるかもしれない。業界では今泉家長男の重彦と長谷川家長男の克則が、大学の同期で友人関係であることは知られている。

とりあえず近づいてみようと、小関を伴って前の方へと移動した。

長身の克則が動くと目立つのか、そこここで談笑していた出席者がなんとなく道を開けてくれる。

清彦が克則に気づいて見上げてきた。その美しすぎる顔には、特別な表情は浮かんでいないように感じる。

「清彦君、成人おめでとう」

「長谷川さん、ありがとうございます」

にっこりと微笑んでくれたが、その他大勢の出席者に向けていた笑顔となんら変わらない。ここは公の場だ。克則だけを区別した言動は望めないとわかっていても、なんだか寂しかった。それとももう清彦にとって、自分は特別ではなくなってしまったのだろうか。

渋谷のホテルで抱きしめたとき、確かに清彦の愛を感じたはずだが、急激に萎《しぼ》んでいく。

「小関、来てくれてありがとう」

「おめでとう。いやぁ、こんな煌《きら》びやかな場所、気後れしちゃって身の置き所がないっていうか……」

「なにを言っている。出席者の中でたぶん最年少だが、一番地に足がついているのではないか？」

「バカ。変なこと言うなよ」

親しげに言葉を交わす清彦と小関を、周囲の人間たちが羨望のまなざしで眺めている。本人の意図とは関係なく、小関はこれで政財界に顔が売れてしまっただろう。年齢からして清彦の友人だというのはわかるから、今後のために小関と知り合いになっておこうと思う輩《やから》は急増するにちがいない。

「じゃあ、また大学で」

二人の会話が終わると、清彦の視線が克則に戻ってくる。どんな言葉をかけてもらえるか一瞬、期待した。だが紡ぎだされたのは、そっけないにもほどがあるセリフだった。

「長谷川さん、これからも兄と仲良くしていってください」

「それは、もちろん……」

たぶん、あからさまにがっかりしてしまったのではないだろうか。

目礼だけして清彦がすっと克則の脇を通り過ぎた。思わず呼び止めようと振り返った克則の目に、清彦の胸元からはらりとポケットチーフが落ちたのが見えた。クリーム色のジャケットに合わせた、薄い黄緑色をしたシルクのチーフだ。素早く拾って、「清彦君」と声をかける。

「はい？」

「落し物だよ」

ポケットチーフを差し出すと、清彦はチラリと一瞥をくれただけで顎を逸らした。

「僕は一度床に落ちたものを身につける習慣はありません。それは長谷川さんが処分しておいてくださいませんか」

けんもほろろとはこういうことかと、冷たいあしらいの見本のような態度で、清彦はすたすたと克則の前から歩き去っていった。しばし茫然と立ち尽くしてしまった克則を正気づかせてくれたのは、小関だった。つんつんと脇を突かれて、ハッと我に返る。周囲から同情めいた視線が注がれている。

「長谷川さん、ちょっと休憩しますか？」

そう言って、小関は会場の隅の椅子まで誘導してくれた。椅子に座り、なにか飲み物を取ってくると言う小関が急いでホテルのウェイターに話しかけているのを、克則はぼんやりと眺める。

清彦は克則が差し出したポケットチーフに、まるで汚物でも見るような目を向けてきた。それが自分に向けられた目のように感じて、克則はショックだった。もう、つきまとうな…ということだろうか。ポケットチーフは床に落ちたから二度と身につけないわけではなく、克則が触ったから不要になったという意味かもしれない。

克則はがっくりと項垂《うなだ》れて、手に握ったままだったポケットチーフを見つめた。シルクの冷たくて滑らかな手触りが、まるで清彦自身のようで——。

「ん？」

なんとなく広げてみて、克則は四隅の一角が黒く汚れていることに気づいた。いや、汚れと言うか……これは、文字？　黒いペンでちいさくなにかが書いてある。克則はそれを何回か読み返し、意味がわかると同時に立ち上がった。

「あれ、長谷川さん？」

両手にグラスを持って戻ってきた小関がびっくりするほどの速さで会場を飛び出し、克則はパーティーの受付まで行った。ほとんどの出席者は受付を済ませて、すでに会場に入っているからだろう、そこには今泉グループの社員の若い女性が二人だけ座っている。

「すまないが、油性のペンはあるかな？　貸してほしい」

すごい勢いで走ってきて、いきなりペンを貸してくれと訴えてきた長身の男に、二人はすこし引きながらもペンを差し出してくれた。その場で、二人に見えないようにポケットチーフの一角に伝えたいことを書きこむ。

「ありがとう」

満面の笑みでペンを返した克則を、若い二人がぽうっと見上げたことなど知らない。克則は会場に駆け戻り、清彦を探した。こういうとき背が高いと便利だ。

「いた」

数人の年寄りに囲まれている清彦を発見。しっとりとした微笑みで彼らの相手をしている清彦は、やはり輝いて見えた。克則の、唯一無二の人。十年前から、清彦だけを愛してきた。この愛は、きっと未来永劫《えいごう》、変わることなどない。

克則は気合いを入れて歩きだした。やはり自然とみんなが道を開けてくれる。清彦の前にたどり着き、見上げてくるきれいな目に、克則は「はい」とポケットチーフを差し出す。

「やっぱり持っていた方がいいと思うよ」

「…………」

清彦は無言で受け取り、見もせずにポケットにそれを突っこんだ。克則は静かにその場を離れ、おいてけぼりにしてしまった小関のところまで戻った。途中、ちらりと清彦を振り返ると、出席者から離れて壁際でポケットチーフを広げているのが見えた。ほんのりと耳が赤くなっているのは、きっと目の錯覚などではない。

小関はグラスを二つ持ったまま、椅子に座っていた。近づいた克則に、片方のグラスを渡してくる。

「なにかあったんですか？」

「いや、なにも」

「なにもって顔じゃないですよ」

小関が呆れたような目で苦笑した。おそらく、克則は最高に幸せそうな笑顔になっていることだろう。自覚はあったが、どうにも締まらないのだから、この顔を見たくないのなら目を背けろとしか言えない。

ポケットチーフには、清彦の気持ちが書かれていた。

『三日前はごめんなさい。花束は嬉しかった』

好きとか嫌いとか、ストレートな言葉はなくとも、清彦の心は伝わった。彼が、どれほどの勇気をふりしぼって、そしてプライドを捻《ね》じ曲げて、『ごめんなさい』の一言を書いたのか。それを思うと、清彦を一生、大切にしていきたいとしか思えない。

だから克則は、即座に返事を書いた。『喜んでくれて俺も嬉しい』と。さらに、押さえてあるスイ

ートルームの番号と『話がしたい。待っている』の言葉を添えて、清彦に渡したのだ。

本当は『愛している』とか『今夜抱きたい』とか、本音を力いっぱい書きたかったが、万が一、あのポケットチーフが他人の目に触れてしまったらと思うと、そこまではできなかった。

清彦さえ同意してくれれば、いつか籍を入れたいと思っている。そうなったら世間には知られることとなるだろうが、まだいまはその時期ではないだろう。清彦は二十歳になったばかりだ。これからどんどん大人になっていく。克則と人生をともにする覚悟が固まってはじめて、カミングアウトしても大丈夫と思えるだろう。

だから、そのときまでは秘密でいい。今泉家と長谷川家だけがわかっていてくれれば、克則も清彦もゆっくりと愛を育んでいける。

「小関君」

「はい」

なんですか、と小関が訊ねてくる。

「このパーティーが終わったら、君はもう帰っていい……かもしれない」

「えっ？　それって、うまく仲直りできたってことですか？」

小関が驚いたまなざしを横顔に当てているのを感じながら、克則は今夜ふたたび清彦にどう求愛しようかと、思いを馳《は》せるのだった。

心臓が口から飛び出しそう――とは、よく言ったものだと、清彦はスイートルームのドアの前で立ち尽くしていた。

二時間前に誕生日パーティーは無事、閉会した。出席者を重彦と二人で見送り、微笑を振りまき、清彦は役目を終えた。そのあとに誘拐事件に関する警察の事情聴取を受けた。おなじ話を何回も繰り返しさせられて、いいかげん、疲れた。後日、警察署まで行かなくてはならないらしいが、今日のところは解放された。

飲もうと約束していたはずの小関は事情聴取のあいだに帰ってしまったので、清彦は克則が待つ部屋に行くしかなくなったのだ。

行くしかないなんて、渋々のような表現は正しくない。清彦はポケットチーフに書かれた言葉に、胸が震えるほど歓喜したのだから。

渋谷のホテルで抱きしめられたとき、克則が三日前のことを怒っていないと知った。ただ清彦を救えたことを喜び、軽はずみなことをするなと叱り、愛を囁いてくれた。克則は清彦を大きな愛で包みこんでくれる。あんな人はほかにはいない。克則の身も心も独占したい。自分だけのものにして、いつでもどこでも清彦が欲しがるときに愛を告げて抱きしめてほしい。

そのためには、清彦も克則のものにならなければいけない。今夜こそ、長年の悲願だったセックスをするのだ。清彦はぐっと拳を握りしめて、深呼吸した。このドアの前に立ってから、ゆうに十分はたっているだろう。いいかげんにしてノックしないと、足が廊下に敷かれた絨毯《じゅうたん》にめり込んだまま抜け出せなくなりそうだ。

固く握った拳で、清彦はほとんど「たのもう！」と道場破りの勢いでノックした。すぐに応答があり、ロックが解除された音とともにドアが開く。克則が顔を出し、満面の笑みになった。君が大好きと顔に書いてあるような笑顔に、清彦はぐわっと顔が赤くなってしまった。慌てて視線を逸らす。

「よく来たね」

「……来てはいけませんでしたか？」

清彦は突き放すような口調でそう言ってしまい、内心、酷い態度だと自己嫌悪した。

「来てくれて嬉しいよ。さあ、どうぞ」

気にせずに克則がドアを大きく開けてくれたので、清彦はホッとした。中に入ると、広いリビングがあり、そこには白いテーブルクロスがかけられた丸いテーブルが置かれていた。スパークリングワインの瓶とグラスが二つと、軽食になりそうなものが乗っている。

すぐにでもベッドルームに連れこまれて情熱的に愛されるのかと想像していた清彦は、拍子抜けした。かなりがっかりしている自分に気づき、清彦は「はしたないことを……」と自分を戒める。ついさっき、セックスして克則を心身ともに自分のものにしたい、なんて考えていたくせに、いろいろと混乱している童貞処女である。

「警察の事情聴取だったんだろう？　ご苦労さま」

「もう終わりました」

「パーティーではほとんど飲まず食わずだったし、お腹が空いているんじゃないかと思って、ちょっと用意したよ。もっとなにか欲しければ、好きなものをルームサービスで頼めばいい」

にこにこ笑顔の克則にテーブルにつくようすすめられ、清彦は従順に座った。まずは乾杯して、このあときっとベッドルームに誘われるのだろうと、克則がワインの封を開けるのを待つ。ポンと軽い音とともにコルクが抜け、美しい琥珀《こはく》色をした発泡酒がグラスに注がれた。

「清彦君、二十歳の誕生日と、君の無事と、パーティーを予定通りに終えられたことに乾杯」

「乾杯」

軽くグラスを触れ合せて一口飲んだ。炭酸がぱちぱちと口腔《こうこう》で弾ける。くせのない飲みやすい種類のものだった。テーブルの片隅にはちいさな蠟燭《ろうそく》が燃えている。ゆらゆらと揺らめく炎が、克則の男らしい顔の陰影を際立たせて見せた。やはり格好いい…と、清彦は恋人に見惚《みと》れてしまう。

「清彦君、弁解させてくれるかな」

克則が居住まいを正して、そう切りだした。

「見合いの件だ。俺は君に隠したつもりはまったくなかった。嘘をついたつもりもなかった。俺にとって、あれは最初から騙されて引きあわされただけのもので、断るのが当然だったから、君に報告するまでもない出来事だったんだ。あのときの女性とは二度と会っていない。だから、俺の中ではとうの昔に終わったことだった」

克則は正直に話しているのだろう。それはわかる。だがあのときの清彦の衝撃と悲しみは、本物だった。数カ月も引きずってしまうほどには。

「あのとき、清彦君はゴルフ場に来ていたんだね？」

訊ねられて、こくんと頷いた。まっすぐに克則を見ることができず、微妙に俯《うつむ》く。克則の都合を考えずに勝手に行動したのは、褒められたことではないと自覚している。

「河合に頼んで俺のスケジュールを送ってもらったよね。それを見て、わざわざゴルフ場まで来ていた？」

「……そうです」

「なぜそんなことをしたのか、聞いてもいいか？」

清彦はうっと言葉に詰まった。いまさらそんなことを聞かれるとは思ってもいなかったので、上手な切り抜け方など考えていない。寂しくてすこしでも会いたかったからなどと、恥ずかしくて言えそうになかった。

「ゴ、ゴルフに、興味があったから…です」

「ゴルフに？　本当？」

疑わしげに確認されて、清彦はキッと睨んだ。

「本当です。僕が嘘をつくとでも？」

「ああ、いや、そんなことは思っていないよ。そう……」

克則はこころなしかしょんぼりした顔になった。

「俺はまたてっきり、君が俺に会いたくて来てくれたのかと勘違いしていたよ。忙しくてなかなか会えなかったから」

それ正解、と拍手したくなったが、清彦は石像のように固まったまま座っていた。精神世界は荒れ模様だ。克則に嘘をついてしまった。ゴルフに興味があるなんて言ってしまって、誘われたらどうすればいい。清彦は自慢ではないが、スポーツというものに勤《いそ》しんだ経験がなかった。体育の授業くらいしかやったことがない。体を動かして汗まみれになるようなものに関心が持てないのだ。

「じゃあ、そのうち一緒にゴルフをしようか」

案の定、誘われてしまった。清彦は動揺を静めようと、グラスを傾ける。炭酸がぱちぱちと舌の上で弾けた。

「楽しみだな、清彦君とプレーするなんて」

克則はもうすっかり行く気になっている。これは大変だ。明日にでもゴルフレッスンのコーチを探して、まずゴルフクラブを購入するところからはじめなければならない。克則とプレーできるようになるまでにどれくらい日数がかかるのか、見当がつかなかった。

「清彦君、もう怒っていない？　見合いに関しては誤解だったと、わかってくれた？」

清彦はちいさく頷いて、グラスの中身を飲みほした。空になったグラスに、克則がまた注いでくれる。細かな泡が下から上へとゆらゆら動いていくのを、清彦は見つめた。

「今後、二度と見合いの話など持ってこないように、周囲には徹底させるから、心配しなくていいよ。俺の伴侶は君だけだ」

恋人ではなく伴侶と言われて、清彦はハッと顔を上げた。穏やかな笑みの克則と見つめあう。心臓がドキドキしてきた。動揺からではなく、高揚からだ。いよいよ席を立って清彦の手を取り、ベッドルームへ誘われるのかと期待する。

「小関君はいい青年だね」

いきなり小関の名前が出てきた。

「君が友人に選ぶだけはある。とても聡明《そうめい》で冷静だ。彼はもしかしたら父親よりも大きなことを成し遂げられるかもしれないな。君のそばに彼のような男がいてくれて、とても心強いよ」

「……小関は、いい友人です」

「そうだね。気持ちのいい青年だ」

手放しの褒めようだ。よほど小関が気に入ったのだろう。自分の会社に入れて、一からビジネスを教え込みたいとでも言いかねない感じだった。チリッと胸が痛み、清彦は嫉妬している自分に気づく。

克則と小関がどうこうなるなんて、万が一にもあり得ないのに、克則にひとりの男として気に入られた小関が羨ましいと思ってしまう。克則にとって清彦は愛する対象であって、ビジネスパートナーにはなり得ないからだ。

自分には重彦のような経営者としての資質が備わっていないと、清彦は子供の時から知っていた。

ではなにに向いているのかと聞かれても、模索中だとしか答えられないが。

「小関君は将来どういった仕事をしたいと思っているのかな」

「……わかりません」

きっとこういう仕事が合うのでは、と克則は自論を述べている。清彦はつまらない内容すぎて厭《あ》きてきた。じわりじわりと冷たい視線になっていっている自覚があるのに、克則は気づかないのか饒舌《じょうぜつ》に語り続けている。

そのうち話題は今日のパーティーのことになった。国会議員が何人も出席していたが、あの議員はどうの、この議員はどうの、都知事はどうのと、清彦には関係のない話ばかりだ。克則は清彦と和解できて気分がいいのかもしれないが、それだけのつもりでこの部屋に来たのではない。苛立ちがピークに来て、清彦はテーブルにグラスを置いた。もうすこし強く置けば割れていたのでは、と思えるほどにカンと音をたてて。

克則の口が閉じられた。まじまじと清彦を見つめてくる。清彦が機嫌を急降下させたことをやっと察したようだ。忙《せわ》しなく瞬きをしている。

「ど、どうかしたのかな、清彦君？」

「帰ります」

清彦はすっくと立ち上がった。くらりと眩暈を感じて、清彦は自分がすこし酔っているらしいと気づくが、そんなことには構っていられない。胃が空の状態でアルコールを摂取したからだろうが、車を呼んで自宅に帰るくらいできるだろう。

克則に背中を向けてドアへ向かう。慌てて克則が追ってきた。

「待て、待ってくれ、清彦君。どうしたのかな？　俺がまたなにかした？　もう仲直りはできたんだよね？」

構わずにドアノブに手を伸ばす。その手を、克則に摑まれた。痛いほどに大きな手で摑まれて、やや強引に振り向かされる。克則は真剣な顔をしていた。

「清彦君、俺がなにかして、君が機嫌を損ねてしまったのなら、きちんと言葉で伝えてくれないか。俺は鈍いから、察することは下手だ。言ってもらえたら、改善するように努力する。とにかく、話をする前に結論を出してしまうのはやめてくれ」

そんなに必死に引き止めるのなら、のんびりと面白くもない話をするのはやめてもらいたい。というのが清彦の本音だ。だがそれを、克則の言葉を真に受けて、ずけずけと言ってしまってもいいのだろうか。逆に怒って清彦を嫌いになることはないのだろうか。

清彦はいままで幾度となく自問自答してきてすべてを呑みこんできた葛藤に、また直面してしまった。ずっとおなじことで悩んできて、結局は黙って我慢してきた。それでなにかが解決しただろうか。いいや、なにも――なにも変わりはしない。ずっと黙り続けている限り、清彦はいつもおなじようなことで腹を立て、勝手にストレスを溜めこみ、疲れていくだろう。

「………僕は………」

「うん、なんだい？　言ってくれ」

なんでも受けとめるから、と克則が勇気づけるように男前の顔で約束するから、清彦はもうぶちまけてしまえと口を開いた。たぶんアルコールの力もあっただろう。そうでなければ、愛する男にこんな醜態を晒すことなどなかった。

「いまの話、すべてつまらなかった。か、克則は、僕に、いつも面白い話しかしてはいけないっ」

清彦は克則に人差し指を突きつけて、そう断言した。克則はぽかんとしている。反応が悪すぎて、清彦はイラッとした。

「聞こえなかったか？　克則は面白い話しか――」

「いや、聞こえている。わかった。いまの話がつまらなかったんだな。今後はできるだけ清彦君が興味を抱けるような、面白い話をするように努力しよう。それで、清彦君はいつから俺のことを呼び捨てにすることにしたんだ？」

「今日からだ。本当の恋人になれたら、名字などではなく名前で呼びたいと、ずっと思っていた。敬語もやめる。他人行儀なのは嫌だっ」

どのタイミングで名前呼びにすればいいのか、敬語をやめればいいのか、これでも悩んだのだ。名字で呼んで、敬語で喋っていると、二人の間に見えない壁があるようで嫌だった。もっと心と心を近づけて、親密になりたかった。そう訴えると、克則が「わかった」と何度も頷いてくれた。

「こっちにおいで。座って話そう」

ドアの前から引き離されて、ソファに連れていかれた。視界がなんだかボヤけていると思ったら、清彦はいつのまにか瞳を潤ませていた。感情が高ぶりすぎて涙が滲んでいたのだ。

「克則は、僕を子供扱いする。十六の僕に告白したとき、二十歳まで待つと言われて、ショックだった。四年も待てるほどの軽い気持ちだったのかと。僕は四年が長くて、長すぎて、もう気が狂いそうになることもあった。克則の本当の恋人にしてもらいたくて、僕は毎日、苦しかった。でもそんなこと、仕事で忙しい克則に言えなくて、我慢していた」

「すまない。長いこと、待たせてしまったんだな」

「もっと謝ってくれ。僕は、会いに来る克則ののんびりとした態度を見るたびに、苛々していた。でもおなじくらい、大好きだった。もっと会いたいと、いつも思っていた。でも、克則はなかなか会いに来てくれなかった」

「そうだな。二人の時間がすくなすぎた。もっと効率よく仕事をして、プライベートの時間を大切にしなければいけない」

「会いたくてゴルフ場まで行ったら、克則はきれいな女性と見合いをしていた。七瀬議員と女性の叔《お》父《じ》が話しているのを聞いて、僕は目の前が真っ暗になった。克則の言いつけ通りに四年もおとなしくしていたから、こんなことになったんだと、いままでの日々を呪った。おまけに克則は僕に嘘をつくし……」

「だからあれは……」

「黙れ」

もう一度言い訳をしようとした克則を、清彦は涙目で睨みつけて黙らせた。

「僕は今日、誘拐されて、平穏だと思いこんでいる日常が、必ずしも続いていくわけではないと知った。中野と二人きりにされて、いまから強姦すると宣言されて、僕が思ったのは克則のことだった。こんなことなら、四年も待たずに、さっさと克則に抱かれておけばよかったと後悔した。だから、いま僕はここにいる。克則に抱いてもらって、本当の恋人にしてもらうためだ。てっきり克則もそのつもりだと思っていたのに、くだらない話ばかりだらだらと……っ！」

怒りがぶり返してきて語尾が震える。不覚にもぼろっと大粒の涙がこぼれ落ちてしまった。

好きな男の前で泣くなんて、バカな女のような真似をしている。取り乱している自分が情けない。悔しい。

これで克則が愛想を尽かしてしまうなら、もう仕方がないだろう。清彦は変わらずに愛していくと思うが、克則とは縁がなかったのだ。ここまで言っても手を出してもらえないのなら、もう諦めるしかない。

「清彦君……いや、清彦。俺も呼び捨てにさせてもらおう」

克則の腕が清彦の肩を抱き寄せてきた。広い胸にすっぽりおさまってしまうサイズの清彦は、あっさりと抱きしめられている。

あれ？　と清彦は居心地のいい場所にきょとんとした。言いたいだけ言ったのに、克則はまだ抱きしめてくれるのか。

「君がそんなふうに思っていたなんて、俺はぜんぜん知らなかった。すまない。俺は恋人失格だな。君が手を出してほしがっていたとは——」

「は、はしたないと思うか？」

「いや、そんなふうには思わない。むしろ嬉しいよ。もっとはやく教えてくれていたら、十八くらいで手を出していたかもしれない」

「じゃあ、僕は言えばよかったのか？　でも、そんな恥ずかしいことは……」

「そうだな。いま君はヤケクソになっているから正直な気持ちを話してくれているが、そうでなければ隠して呑みこんで我慢してしまっていただろう。俺が臆病風に吹かれることなく、潔く君にぶつかっていけばよかっただけだ」

ふう、と克則はため息をついた。清彦の髪に息がかかる。厚い胸に顔を埋《うず》めると、克則の心音が聞こえた。とくとくとくと駆け足気味の鼓動が響いてくる。心地いい音だった。

「あのね、清彦……」

克則が呼び捨てにすると、二十年間使ってきた自分の名前が、まるで違うもののように耳に届く。特別ななにかのようだ。もっと呼んでほしい。もっともっと、何度でも。

「こうなったら俺も格好つけずに正直な気持ちを告白しよう。君は俺のことを十七歳も年上の大人だと思っているかもしれないが、君に関しては初心で不器用で使いものにならない木偶《でく》の坊だと思ってくれていい」

「木偶の坊？」

清彦は思わずオウム返しに呟いてしまった。仕事はできるくせに恋愛の機微には疎いと思っていたが、克則はどうやら疎いどころかもっと悪いレベルだと自己評価していたようだ。

「こんなことを自分から暴露するのは情けないが——さっき君が面白くないと言った話を延々と続けていたのは、緊張していたからだ。君をいよいよ、今夜抱けるのかと思ったら、頭がどうにかなってしまいそうなほど緊張してくらくらしてきて、関係ないことを喋ってでもいないと、なにをしていいのかわからなかったんだよ」

「えっ…………」

意外な告白に、清彦は顔を上げて克則のバツが悪そうな表情をまじまじと見つめた。

「君は四年も待って辛かったと言ってくれたが、俺も四年待った。はじめて君を意識してからは十年だ。自分が年上で、分別のある年齢であることが、こんなにも恨めしいと思ったことはなかったよ」

「……それは……」

「君と同年代であれば、普通にお付き合いができただろうってこと。あいにくと、俺はとうに成人している。十七歳以下の少年に手を出したら、犯罪になってしまう。でも不思議なことに、例えば中学生同士、高校生同士ならば、セックスしても犯罪にはならないんだよね。ただの不純異性交遊として片づけられ、大人たちに叱られるていどだ」

俺たちの場合は不純同性交遊かな、と克則は苦笑した。

「俺は君を経済的にも社会的にも守ってあげられる立場かもしれない。けれど、ジェネレーションギャップだけはどうしようもない。若者文化はわからないし、流行《はや》りのものも知らない。あと十五年は遅く生まれてきたかったと、何度も思った」

立て続けに意外すぎる告白を受けて、清彦は唖然とした。

はじめての夜に緊張して饒舌になっていたこととか、清彦とおなじように年の差にプレッシャーを感じていたことなど、ぜんぜん知らなかった。克則は悠然と構えているわけではなかったのだ。清彦がそういう目で見てしまっていただけで。

「克則……僕は、いわゆる若者文化には興味はないし、流行りには鈍感だと思う。いつも小関に浮いていると言われるくらい、社会に馴染んでいない。だから克則がその点を憂慮する必要はまったくないと思う」

「そうかな？　いままではたまにしか会わなかったからわからなかっただけで、二人の時間が増えたら俺のことを話のわからない鬱陶《うっとう》しい木偶の坊だと、疎ましく感じるかもしれない」

克則が卑屈なことを言うので、清彦はまたしても苛立ってきた。ぐずぐずと悩むのは清彦だけでいい。克則はどんと構えていてくれればいいのだ。

「克則」

守るように包まれていた腕の中から出ると、清彦はソファから立ち上がった。またいきなり帰ると言い出すのを危惧したのか、克則がすかさず清彦の腕を摑んでくる。半分腰を浮かしかけた克則を、清彦は挑むように見下ろした。

「克則、話はもういい。だいたいはわかった」

「そうか？」

「それで僕は今夜どうすればいい？　克則がリードしてくれなければ、これから先へ進めない。男なら、さっさと僕を押し倒してみろ！」

さあどうする、と清彦は胸を張る。これでなにもしなかったらぶん殴って二度と会わない。それくらいの決意でもってけしかけてみた。

「清彦……、それ、本気？」

「もちろん本気だ。僕はこんな大切な場面で嘘など………」

克則の目が不穏にギラリと光ったように見えた。あっと声を上げる間もなく、清彦は立ち上がった克則に足をすくわれる。視界がぐるりと九十度回って、見上げたわけでもないのに天井が目の前いっぱいに広がる。つまり、横抱きされたのだ。

「あ、えっ？　えっ？」

慌てて克則のスーツに爪《つめ》をたてて摑まり、いきなりなんだと抗議しようとしたが、そのまま無言で運ばれてしまって体を竦ませた。どこへ行くのかと問おうとしたが、すぐにわかった。ベッドルームだ。清彦が息を飲んで間近にある克則の顔を凝視すると、怖いくらいに真顔になっていた。

フットライトだけが灯《とも》された薄暗いベッドルームには、クイーンサイズのベッドが二つ置かれていた。連れこまれた渋谷のラブホテルにあったものとは、品の良さがちがう。

そこにそっと背中から下ろされて、無防備に克則を見上げる体勢になった。食らうばかりになった獲物を、じっと検分するようなまなざしが怖い。けれど、清彦はみずから食べられるためにここに来たのだ。

「ずっと……この日を待っていた……」

克則の手が清彦の頬を撫でる。優しく撫でられているだけなのに、触れられた皮膚がぴりぴりするような感じがした。

「君を手折《たお》りたくて、けれどきれいな君を汚してしまいそうで……でも、俺が引いたら、いったいだれが君を我がものにするのかと考えるだけで、腸《はらわた》が煮えくりかえるほどの嫉妬に苛《さいな》まれた」

「克則……」

「本当にいいのか？　俺はもう、君を手放せなくなると思う」

ゆさっとベッドのスプリングが揺れを伝えてくる。最高級のベッドは軋《きし》み音をわずかも立てない。

克則が清彦の胴体を跨《また》ぎ、完全に覆いかぶさるようにしてきたが、すこし揺れただけだった。

「克則、僕をあなたのものにしてほしい」

「なにをされるか、わかっているのか？」

「僕を見縊《みくび》らないでほしい」

ムッとして唇を尖《とが》らせ、清彦はすでに四年前からイメトレはしていると自慢した。克則が軽く目を見開く。

「イメージトレーニングって……つまり、マスターベーションってこと？」

「はっきり言うな！」

デリカシーというものがないのか、この男は。カーッと顔を赤くした清彦を、克則は蕩《とろ》けるような笑みで抱きしめてきた。

「ああ、かわいいな、もう……。わかった。もう迷うのはやめだ。潔く、男らしく、差し出された美味《おい》しそうな獲物をいただくとしようか」

「あ、んっ」

上から塞ぐようにして唇を重ねられた。いままでもキスはしたことがある。でも想いを確認するための触れるだけのキスしかもらっていなかった。今夜はじめて、克則は舌を入れてきた。ぬるりと異様な感触にびっくりしたが、嫌ではない。悪寒ではなく、背筋がぞくぞくした。

「ん、んんっ」

貪《むさぼ》るように舌で口腔をまさぐられ、逃げ惑う清彦の舌が捉えられて甘く嚙まれる。歯が喰《く》いこんだ場所からびりびりとした電流のようなものが体中をめぐっていった。

さらに上顎を舐めねぶられて、どうしてか腰がびくりとベッドから浮いた。歯茎も舌でたどられて、唇がめくれるほどにしつこく舐められる。唇にも歯が立てられた。何度も柔らかく嚙まれて、ずきずきとした甘い疼《うず》きに、立て続けに背筋が震える。

セックスの前戯としてのキスを、清彦ははじめて体験したのだ。

長々と口腔を弄《いじ》られて、これだけでぐったりとしてしまった清彦を、克則が苦笑して見下ろしてくる。また視界が潤んでいた。稚拙なイメトレとは桁外れの快感に、清彦はいつのまにか体を昂《たかぶ》らせてしまっていた。

簡単すぎる自分が恥ずかしくて逃げ出したいけれど、強烈なキスのせいで仰臥《ぎょうが》したまま動けそうにない。それに、克則が逃がさないぞとでも言うような目でじっと清彦を見下ろしながら服を脱いでいる。スーツを脱ぎ、ネクタイを解き、ワイシャツのボタンをひとつひとつ外していく動作が、格好いい。清彦は克則から視線を逸らせなくなっていた。

自分の上半身を露わにした克則は、なぜかベルトを抜いただけでボトムはそのままにし、清彦の服に手を伸ばしてきた。筋肉質の立派な体つきをしている克則に、もうドキドキがとまらない。清彦はされるがままになり、おとなしく横たわっていた。ジャケットとワイシャツを脱がされるときに背中を浮かせて協力もした。

「あっ、や………」

けれどさすがに下着を脱がされるときは抗ってしまった。克則は有無を言わさず足から抜き去ってしまったけれど。覚悟はしていても性器を見られるのは恥ずかしい。克則とまるでちがううすっぺらい体も、男として情けなかった。

「見ないで」

「どうして？　とてもきれいだ」

「うそ……」

「嘘じゃないよ」

睦言《むつごと》だと自覚のないまま、清彦は甘えた声で克則に縋りつく。緊張して強張《こわば》っている清彦をリラックスさせるように、克則の手があちらこちらを撫でてくれた。背中から肩、腰と腹、太腿《ふともも》も。くまなく撫でられているうちに、清彦は克則の手に慣れていった。撫でられると気持ちいい。もっとくっつきたくて体を寄せていき、清彦は克則の下半身がまだ衣服に包まれていることが気になった。

「……これ、脱がないの？」

「脱いでもいいのか？」

おかしなことを聞くものだ。清彦はいいよと頷いた。克則が片手で清彦の肩を抱きながら、横たわったままボタンを外してするりと足を抜く。行儀悪く蹴《け》り飛ばしたあと、あらためて清彦を全身で抱きしめてきた。

「あ………」

素肌を密着させて、清彦は克則の性器が熱く固くなっていることに気づいた。ぐっと清彦の腹に押しあてられているものは、なんだか——すごく大きいような感じがする。

ネットで男同士のセックスについて情報を集めていたとき、動画もちらりと見た。浮世絵の春画のようなサイズの性器を持った男優に感心したが、あれは特別に大きなものを持った男で、だから男優なんて仕事をしているのだろうと勝手に解釈していた。一般的にはこんなに大きくないだろうと。

なにしろ、自分の性器は小ぶりだ。平均より小さいだろうとは自覚していたが、女性に使うことがなければたいした問題ではないと思っていた。だがにわかに心配になってきた。清彦のサイズで、克則は冷めることはないだろうか。

それに重大なことに思い至る。こんなサイズのものが、自分の尻に入るのだろうか――。

アナルセックスまでしなくとも、ほかにいろいろとやり方はあるようだが、克則はどうだろう。どこまでしたいのか聞いてみないとわからない。

「あ、あの、克則……」

「なに？」

チュッと頬にキスをされて、清彦は「んっ」と応える。キスは鼻にも落とされて、唇にもチュッチュッと繰り返された。喋れない。

「克則、あの」

「だから、なに？」

「あ、んっ」

また口を塞がれた。舌で舌をぬるぬると扱《しご》くように絡められて、とても気持ちよくて、すぐに清彦はくったりと力をなくした。陶然としたまましいいように口腔を貪られる。粘膜の触れ合いがこんなに気持ちいいなんて知らなかった。

舌先を噛まれながら胸を撫でられて、清彦はびくっと背中を震わせる。なだらかでうすっぺらいだけの胸なのに、克則の手が引っ掛かるような突起ができている。そこを克則の指が摘まんだとたんに、がくんと全身が跳ねた。自分でも驚いて、清彦は目を丸くする。

「な、なに？」

「清彦は乳首が感じる性質なんだな。ごめんね。もっとソフトに触るから」

「えっ？　なに？」

なにがなんだかわからない。自分の身になにかが起こった。克則に質問しようとして、またキスで塞がれた。とろとろと舌であやされてうっとりしていると、克則の指が胸の突起を優しく撫でてくる。

「んっ、んん……」

鼻から甘ったるい息が漏れた。じわりと胸から熱が広がっていく感じがする。乳首なんて意識したことがなかった。こんなふうに感じてしまって、男のくせにおかしくはないのか。

疑問が浮かんだが、克則の舌に上顎をくすぐられているうちにどうでもよくなった。

「清彦、ここ、気持ちいい？」

「……うん……、……もち、いい……」

とろんと蕩けてしまって、呂律《ろれつ》が回らない。喘《あえ》ぎながら頷く清彦に、克則が「かわいい」と何度も囁いた。清彦の唇から離れた克則は、首筋にたくさんキスをしてきた。痛いほどに吸われて、そこがあとでどうなるかなんて清彦は知らない。情熱的な克則の唇が乳首に向かっていることのほうが重要だった。

「あうっ」

ちゅうと乳首に吸いつかれて、清彦は身悶《みもだ》えた。鋭い快感が息苦しいほどに襲ってくる。ぴちぴちと跳ねる清彦の体を克則は上から押さえつけて、両方の乳首を交互に吸った。歯で引っかくようにされたときは、乳首からなにかが出るのではないかとすら思った。

「清彦、すごい、もうぬるぬるだ」

なにがどうぬるぬるなのか、快感で朦朧《もうろう》としすぎてわからない。克則に足を広げられても、閉じることすらできなくなっていた。小ぶりな性器を克則が気に入ってくれるのかどうか心配していたが、訊ねる余裕など欠片もない。

「ちょっと弄っただけでいきそうだね。ああ、こんなところまで清彦はきれいだ……」

両脚をとんでもない角度にまで広げられて、性器のさらに奥を覗きこまれていたが、清彦は弄られた乳首がまだじんじんと疼いていて喘いでいた。

「ここ、舐めてもいいかな？」

「え……どこ……？」

頭を起こして下腹部を見遣った清彦は、あやうく悲鳴を上げそうになった。勃起した小ぶりな性器に、克則が舌を伸ばしていたのだ。先端をぺろりと舐められ、ついでぬるりと温かな口腔に含まれて、清彦は息を呑んだ。

「や、やだ、やあっ、いっちゃ、いっ……からぁっ」

痛いほどに張りつめた性器に克則の舌が絡みつく。感じる裏側やくびれを重点的に嬲《なぶ》られ、さらに二つの袋までてのひらで揉まれてしまってはひとたまりもない。

「あっ、あっ、あ……あーっ……！」

射精してしまった。我慢できなくて克則の口腔に迸《ほとばし》らせてしまったのだ。自分の手で扱くのではなく、好きな男にフェラチオされて達する快感は、一瞬、頭の中が真っ白になってしまうような強烈なものだった。

涙目でおそるおそる、腹部を見る。克則がこくんと喉を鳴らしたところだった。飲んでしまったのだ。清彦が吐き出した体液を。頭を殴られたようなショックだった。

「あ、あ、あんなもの、飲むなんて……っ」

「はじめて飲んでみたが、案外平気だったよ」

克則がにっこりと微笑むものだから、それ以上、なにも言えなくなる。いますぐおなじことをしてくれと頼まれてもできそうにないが、そのうち清彦もお返ししたいと思った。こんなに気持ちいいことなのだから、清彦がしてあげたら克則は喜ぶだろう。

繰り返された濃厚なキスと乳首への愛撫《あいぶ》ですっかり蕩けていた清彦だが、一回射精して冷静さを取り戻していた。男の体は単純だ。

「清彦、こっちも舐めてみたいんだけど、いいかな？」

「えっ？」

克則の指が性器のさらに後ろへと滑っていく。肛門《こうもん》を突かれて、清彦はぎくりと硬直した。

「ここは、イメトレのときに弄らなかった？」

「触ってない……」

怖くて触れなかった。弱々しく首を横に振ると、克則が「そうか」と体を起こす。まさかこれで終了かと、清彦は焦って克則に縋った。

「待って、頑張るから、なんとか、やってみるから……っ」

必死の形相になっていたのかもしれない。克則がふわんと微笑んだ。汗ですこし乱れた髪を、大きな手が撫でてくれる。

「慌てなくても、これで終わりにはしないよ。潤滑剤を取るだけだ。まだ俺は気持ちよくなっていない。君の体で、良くしてくれるだろう？」

潤滑剤なんてものを用意していたのか。清彦がびっくりしている前で、克則はベッドサイドに置かれていたチェストの引き出しから、それらしいチューブを取り出した。ホテルの備えつけ…のわけがない。克則は今夜、清彦を抱くつもりでここに入れておいたのだろう。

「また固くなったね。キスからはじめようか」

克則がふたたび覆いかぶさって、丁寧にキスをしてくれた。清彦は克則のキスが好きになった。ぎこちないながらも、みずから舌を差し出して絡めるようなこともしてみる。舌と舌で戯れていると、いったんは萎《な》えていた性器にじわりと熱が戻ってくるのがわかる。

「んんっ」

緩く頭をもたげた性器が克則のてのひらに包まれた。それがぬるりと人工的な粘液で濡れていたからびっくりする。だがくちゅくちゅといやらしい音とともに性器が扱かれると、口腔で愛撫されたときとはちがう快感に溺れた。その手が二つの袋も弄ぶ。ぬるぬると転がすようにされて清彦は腰をねじった。じっとしていられない心地良さに泣きそうになる。

「これは、いやなの？」

「や……やら……」

キスから解放された口ではっきり嫌だと言いたいのに、また呂律が回らなくなっている。震える手を伸ばして克則の手を外そうとしたが、ぜんぜん力が入らなくてできない。

「でも気持ちよさそうに勃起しているよ」

「やあっ、やっ、あっ、あーっ」

乳首にまた吸いつかれて、清彦は嬌声《きょうせい》を迸らせた。気持ちいい。たまらなく気持ちいい。吸われて弄られて乳首が真っ赤に腫れてしまっているのが、恥ずかしくてたまらない。けれどそれが克則に愛された証拠だと思うと嬉しい。さまざまな感情が入り乱れ、それが怒涛《どとう》のような快感に押し流されていく。

「乳首、すごい感じるんだね。清彦、乳首が感じる人は、後ろも感じるらしいよ。試してみようね」

「や、やら、やらぁっ」

清彦が嫌だと主張したら克則はやめてくれると、どこかで高を括っていた。だが克則はぬめりをさらに股間全体に広げてしまい、指をつるりと後ろに滑らせてきた。思わずきゅっと尻を締めるが、ぬるぬるの指は構わずに侵入してきた。

「ああっ、やあっ」

「ああ、狭いね……」

克則の声が上ずっていたが、体内に異物を挿入されて動揺している清彦には気づけなかった。

「あ、あ、あ、あ、あ、あ、あ」

ぬるりぬるりと指が一本だけ出し入れされる。異物感はさほど酷くなかったが、好きな男にそんなところを弄られているというだけで清彦はパニックになりそうだった。

「どこかな？　このへんだと思うんだが……」

指が届くあたりの腹側を克則が呟きながらまさぐっている。不意にがくんと腰が跳ねた。乳首の比ではない快感が下腹部を痺れさせている。

「な、なに…？」

「見つけた」

克則の笑顔が怖かった。無意識に、逃げるように動いてしまった。克則の片方の腕が腰をがっしりと抱いてくる。もう片方の手は清彦の股間だ。見つけたばかりのそこを、指先が容赦なくぐりぐりと弄ってきた。

「ああっ、あっ、やめて、やめ……、やあっ」

涙がどっと溢れてきて、清彦は泣きじゃくった。アナルセックスで痛みがあっても耐えられると覚悟はしていたが、こんな快感が待っていたなんて思ってもいなかった。あまりの気持ちよさにどこかが壊れてしまったかと、怖くて清彦はまた泣いた。

「ああ、かわいい。清彦、そんなに泣かないで。これでも我慢しているんだから」

甘ったるい囁きの意味がわからない。清彦はこの責め苦の張本人である克則に縋りつき、助けてと敦いを求めた。

「清彦、ああ、清彦。君は俺のものだ。かわいい、かわいい。愛しているよ」

「か、かつのり、かつ……、ああっ、ひぃ」

指が二本にされた。執拗《しつよう》に快感を教えこまされているそこは、二本目の指を拒むことなく受け入れてしまう。清彦は自覚しなかったが、粘膜は歓迎して吸いつくような動きをした。二つの指先が、感じる場所をさらに苛《いじ》めてくる。

「あーっ、あっ、やあ、やあっ、もう、や……っ」

「ここで俺と繋がろう。ね、ここで繋がって、ひとつになるんだ」

二本の指で十分に解《ほぐ》されたそこに、三本目が入る。我慢強い克則は、根気よくそこを慣らしていたが、清彦には拷問に等しい。いくら後ろで快感を得ても、さすがにまだそこだけでは達することはできなかった。勃起したまま放置されている性器はだらだらと先走りをこぼし続け、真っ赤に熟れた状態になっている。そこを自分で扱こうとすると克則に阻まれた。

「こらこら、勝手に触ったらだめだよ」

「いたい、いたいよ、かつのりぃ」

「痛いの？　じゃあ、あとでまた舐めてあげるから、いまは耐えようね」

残酷なことを命じられて、清彦は朦朧としながらめそめそと泣いた。

克則の指が三本、楽に出し入れできるまで解された。時間的にもずいぶん長いこと指を含まされていたせいか、指が抜かれたあともそこはぽっかりと口を開いたままになっている。自分でもそれがわかって、清彦は「どうしよう」と克則に縋りつく。

「大丈夫、元に戻るから」

「本当に？」

克則を信頼しきっている清彦に、ずるい男は安心させる笑顔を向けてくる。そうしながら、清彦の両脚の間に胴体を入れ、そこに屹立《きつりつ》をあてがってきた。

「入れるよ」

「んっ………」

ぐっと先端がめりこんできた。指三本よりも太くて、固くて、熱かった。清彦はまた途中から泣き出したが、克則はやはり中断などしない。腰を揺するようにしてどんどん奥へと入ってくる。苦しくて喘いでいる清彦だったが、やっと抱いてもらっていることに心が満たされていくようだった。

「かつのり、かつのり」

「清彦……」

すべてをおさめてから、二人は抱きあった。

「う、うれしい……。かつのり、うれしい………」

「そうだな。やっとひとつになれた」

「大好き……ずっと、好き………」

「清彦……」

繋がったまま、キスをした。舌を絡めているうちに、克則がゆっくりと腰を動かしだす。はじめは内臓を引きずり出されるような強烈な違和感に呻いていたが、あの感じるところを性器で擦《こす》られると、快感が蘇ってきた。

「あっ、んんっ、んーっ」

「どうだ？　痛いだけか？　萎えていないが、すこしは気持ちいいか？」

聞かないでほしい。萎えていないなら、それでわかるのではないか。

「清彦、なぁ、ちゃんと言ってくれ。わからないだろ？」

困った声を出されて、清彦は仕方なく正直に言葉にした。あとでそれがわざと言わせたのだと知って、のたうちまわるほどの羞恥に襲われたが。

「い、いい、気持ち……いい、痛いけど、いい……からっ」

「どこがいい？　ここか？　それとも、ここ？」

ここ、と乳首を弄られて、ここか、と性器で浅いところをぐりっと擦《こす》られる。清彦はのけ反りながら、「どっちも」と答えさせられた。いっぱいに広げられて濡らされて、とてつもない快感を贈りこまれて、清彦はもみくちゃにされながら幸福だと思った。

「ああ……、最高だ…。清彦、素晴らしいよ」

「か、かつのりも、気持ち、いい……？」

「いい。すごくいい。清彦、愛しているよ……」

「あ、あい、ぼくも、あい………っ、あああぁぁぁっ」

両脚を克則の肩にかけられ、背中をほぼ浮かせるような体位にされて中を抉《えぐ》られた。同時に乳首も弄られて、清彦はまた泣かされた。どこをどうされても感じてしまい、でも一回射精している体はなかなか二回目まで到達できなくて、清彦は懸命に腰を振った。もういきたい。もう辛い。よすぎて辛い。稚拙な動きながら卑猥《ひわい》な腰使いで自分の快楽を追う清彦が、克則の目にどう映ったかなんて、考えられない。とにかく必死だった。

「ああ、ああ、もう、もういやぁ、ああっ」

「いやなのか？　でも腰振ってるよ。かわいい」

「そこ、そこは、あーっ、あっ、あっ、ああーっ」

「いやなら、やめようか？」

「……えっ……」

不意に克則がぴたりと動きをとめてしまった。体中で渦巻く行き場のない快感の熱が、奥まで埋めこまれた克則をぎゅうっと締めあげる。どうして続けてくれないの、と。

「あ……やだ……っ」

「なにが？　もう終わりにする？」

「いやっ」

「最後までいきたい？」

清彦は洟《はな》をすすりながらがくがくと頷く。快感がすごくて辛すぎるけれど、ここでやめられたらもっと辛い。克則とのセックスを知ってしまったいまとなっては、もうマスターベーションなどで満足できるわけがなかった。

「……して」

「清彦は、これが好きになった？」

くんっと腰を突き上げられて、これとはなにを指すのか知らされる。カーッと顔が真っ赤になったのがわかった。好きになったけれど、そんなはしたないことを口にしてもいいのだろうか。

返事をためらっているうちに、克則が腰を引こうとする。出ていってしまう克則のそれを、清彦は懸命に引き止めた。

「す、好き、それ、好き。だから、もっとして……っ」

「うん、わかった」

よく言えました、とばかりに頭を撫でられて、清彦はホッとした。涙で霞《かす》む視界の中で、克則が微笑んでいる。この答えが正解だったらしい。ぼんやりとしか克則の笑みが見えなかった清彦は、それがどんなに凶悪な種類の笑みだったか知らない。

ふたたび動き出した克則は、容赦がなかった。激しく清彦は揺さぶられ、嬌声を上げさせられ、失神寸前まで追い上げられてから、かわいそうなほど放置されたままになっていた性器を擦《こす》り上げてくれて、二回目の射精を許してくれた。

「あ…………あ…………」

びくびくと全身を痙攣《けいれん》させて絶頂の余韻に朦朧としている清彦の中に、克則は十年分の想いのたけをぶちまけてきた。注ぎこまれる熱いものが、清彦を満たしていく。この体で愛する男が達してくれたのが嬉しい。

力の入らない腕をなんとか伸ばして、清彦は克則に縋りつく。おたがいに汗ばんだ肌をくっつけて、満ち足りた抱擁をした。

「かつのり……しあわせ……」

「俺も幸せだよ。ありがとう」

涙のあとが残る頰にチュッとキスをしてもらって、清彦は微笑んだ。そのまま頭がぼうっとして戻らない。克則の呟きが聞こえたけれど、まともに意味は汲《く》み取れなかった。

「かわいいな、もう、たまらないよ……」

それからしばらくうとうとしてしまい、眩《まぶ》しいほど明るいバスルームに運ばれて目が覚めた。大人がゆうに二人は入れる大きなバスタブに、清彦は克則に抱っこされた状態で入れられていた。蛇口から勢いよく湯が迸り、バスタブを満たそうとしている。ガラスで仕切られたところにジャグジーもあった。

「君をきれいにしないとまずいから、ここに運ばせてもらったよ」

状況が把握しきれずに戸惑っている清彦に、克則がそう言って溜まってきた湯で体液で汚れた体を擦《こす》ってくれた。いまさらだが、全裸でいることが恥ずかしい。しかも明るいところで見た自分の体は赤い鬱血だらけで、とんでもないことになっている。特に乳首が酷い。赤く腫れていて、周囲はキスマークだらけだ。この体がどれだけ克則に愛されたかという証拠だろうが、初心者にはきつい。

「あ、あの、自分で洗うから……」

「俺にさせてくれよ。大切な君を、隅から隅まで洗ってあげたいんだ」

にこにこと笑っている克則は上機嫌だ。だが尻に当たっている固くて熱いものの正体が容易に想像できるだけに、居たたまれない。清彦は二回いかせてもらったが、よく考えれば克則は一回だけなのだ。物足りなくて続きをしたいのだろうか。

でも清彦はもういっぱいいっぱいだ。克則の大きなものを入れられて擦られて散々かき回された後ろは、腫れぼったい感じがする。今夜はもう無理。また今度、と逃げ出したい。

「清彦、ひとつ謝らなければならないことがある」

「……なに？」

まだなにか隠していることがあったのかと、清彦はにわかに身構えた。だが謝罪の内容はとんでもないことだった。

「俺は我慢できなくて、君に中出ししてしまった。あまりにも清彦の具合がよくて、夢中になってしまったんだ。だから、君の中に注ぎこんだ俺の精液を、かき出さなくてはならない」

「……………え？」

ぽかんとしたあと、そういえばそんなことがネットに書かれていたと思い出した。直腸に中出しすると、体調が悪くなるとかなんとか——。

「か、かき出す…って？」

「君のここに」

克則の手が清彦の尻の谷間にするりと伸びた。

「あ、やっ」

「俺が指を入れて、中をきれいにするんだよ」

くっと指がそこに突き入れられた。やけにすんなり挿入されてしまったのは、さきほどの性交で緩んでいたからだろうか。薄暗かったベッドルームならまだしも、こんな明るいバスルームで尻に指を入れられている自分、という図に、清彦は動揺した。

「ああ、まだ柔らかいね。ほら、指が二本入る」

「やだ、やだっ、やめろ！」

慌ててバスタブから出ようとしたが、克則にがっしりと腰をホールドされて動けなくされてしまう。体調万全の状態なら、もっと抵抗できたかもしれないが、いまの清彦ははじめてのセックスの影響で全身がぐだぐだになっていた。本人は必死でも、克則にとったら弱々しくもがいているだけだったかもしれない。バスタブの湯の中で克則に抱っこされ押さえこまれて、入れられた二本の指を広げられた。

「ひっ……」

湯がじわりと入ってくるのがわかる。入ってきた湯を、克則の指が中でかき回した。異様な感覚に、清彦は鳥肌を立たせる。気持ち悪い。

「克則、やめろ、本当に、やめてくれっ」

「でも自分でこんなことできるのか？　ちゃんと出しておかないとお腹が痛くなるぞ」

「か、克則が悪いのじゃないかっ。中に、出さなければ、こんなことには……っ」

中に出してもらって幸福を感じたことは、このさい横に置いておく。

「そうだな、俺が悪い。だから俺が責任を持って、きれいにしなくちゃいけないな」

「こんなことで責任を持たなくていいっ」

排泄じみた行為なのに、なぜか克則は嬉々《きき》として取り組んでいる。すごい笑顔だ。

ずっと大好きで、やっと結ばれた恋人だが、もしかして変態だったのか？　清彦は羞恥と嫌悪に身悶えながら、あらたな疑惑に頭を悩まされることとなった。


素肌にバスローブだけを着てソファに身を沈めている清彦の前で、克則はてきぱきとスーツに着替えている。

月曜日の朝。克則はホテルまで河合にスーツを届けさせ、いま出勤の準備をしている。

「……………どうして、克則はそんなに元気なんだ………」

つい恨めしく呟いてしまう。土曜の夜から今朝まで、清彦はこのスイートルームから一歩も出してもらえなかった。もちろん、克則も出なかった。箍《たが》が外れてしまった大人の男ほど始末に負えない生き物はないと、清彦は思い知った。

「僕はこんなに疲労困憊《こんぱい》なのに……」

「基礎体力のちがいじゃないかな」

ごめんね、ともう何度も聞いた謝罪の言葉を、克則は繰り返す。だが言うほどには悪いと思っていないだろうと、締まりのないデレッとした表情を見ればわかる。きっと爛《ただ》れきった二晩を思い出している。できるなら克則の記憶から自分の痴態だけ消し去りたい。

「じゃあ、行ってくるよ。君は好きなだけここでゆっくりしていったらいい。延泊してもいいからね」

克則が優しく微笑みかけてくる。「いってらっしゃい」と言いたいが、清彦はなかなか勇気が出なかった。そんなことを言おうものなら、まるで新婚ではないかと、恥ずかしいのだ。

だがいよいよ克則が部屋から出ていくというとき、思わず聞いていた。

「…………今日は、何時までだ……………？」

ドアに向かいかけていた克則が足をとめて振り返った。

「なにが？　チェックアウトの時間なら、気にしなくても………」

「ちがう、そうじゃない。克則の、仕事のことだ」

週のはじめだから忙しいだろうか。できれば今夜も会いたい。顔を見るだけでいいから、会ってくれないだろうか――。そう思って訊ねたのだ。克則は無言で引き返してきた。

「あ？　んんっ！」

いきなり抱きすくめられた。びっくりした清彦がもがいても、克則の頑丈な胸板と腕はぴくともしない。抗議しようとした口は、瞬時にキスで塞がれた。ぎゅうぎゅうと痛いほどに抱きしめられながら、舌を絡める濃厚なキスをされてしまう。やっと鎮まっていた体が、不意の刺激に熱をぶり返しそうになって慌てた。

もう無理、と清彦がギブアップする寸前、唇が離れた。ぜぇぜぇと清彦が涙目で喘いでいるのを、克則はうっとりとした目で見つめてくる。もう、この男をどうにかしてくれと、だれかに救いを求めたくなった。

「できるだけはやく終わらせて、ここに戻ってくるよ。待っていてくれるか？」

「……………うん……………」

待っていたらどうなるかあきらかなのに、清彦は頷いていた。清彦もそうとう病に冒されている。愛という病気は、たぶん治らない。

ソファの上から、克則を見送った。そのまま座り心地のいいソファに沈んでいると眠ってしまいそうだったので、清彦はベッドルームに戻った。倦怠《けんたい》感の塊になってしまった体をベッドに横たえる。ベッドが二つあってよかった。片方はぐちゃぐちゃになっていて使えない。きれいな方のベッドに寝転んで、うとうとした。

紳士だと思っていた恋人が、じつはとんでもないケダモノだったなんて知らなかった清彦だ。その衝撃は大きい。それ以上に、自分があんなにも淫《みだ》らになってしまうこともショックだった。はしたない真似をたくさんしてしまったが、克則は喜んでいたのでいけないことではなかったのだろう。

今夜、ここで待っていれば克則は戻ってくると言ってくれた。それまで疲れた体を休めておこう。セックスを求められたら応えられるかどうかわからないけれど、一緒にいられるのは嬉しい。いままでよく何日も何週間も会わずに平気でいられたものだ。もう離れられない。離れたくない。

克則はどう思っているだろうか。おなじ気持ちなら嬉しいのだけれど。

「……克則……」

愛しい男の名前を呼んでみる。ここにいないから返事はないとわかっているのに、声に出してみたかっただけだ。不意に猛烈に恥ずかしくなって、大きな枕に顔を埋める。一人が寂しいなんて、清彦ははじめて思った。

早く帰ってきてほしい。そして抱きしめてほしい。愛していると囁いてほしい。

愛しい男を想いながら、体を癒《いや》すために清彦は静かに目を閉じた。

御曹司による
御曹司の愛し方

もう行かなくては。一階のロビーで河合《かわい》が待っている。

わかっているのだが、克則《かつのり》は超絶にかわいくてきれいなマイハニーを見ていたら、我慢できなくなった。だるそうにソファに体を委《ゆだ》ねている清彦に覆いかぶさるようにして抱きしめる。

「あ？　んんっ！」

びっくりした清彦《きよひこ》がもがいたが、構わずにくちづけた。ぎゅうぎゅう抱きしめて、バスローブ下の裸体の温度をたまらなく感じながら口腔《こうこう》を舌でかき回す。いろいろとあった誕生日パーティーの土曜日の夜から月曜日の朝まで、何度も何度も味わったが、そのたびに愛が溢《あふ》れ、まったく涸《か》れそうにない。

清彦は、その名の通りに清らかすぎて、手を出すのをはばかられた存在だった。大人の欲望をぶつけてもいいのだろうか、清彦が悪い方へと変わってしまうのではないか――そんな葛藤《かっとう》があった。

このままほどよい距離感で付き合っていくのが最善ではないかと、勝手に結論を出しそうになったが、清彦本人が関係の変化を望んだ。たとえどんなふうに清彦が変わろうと、すべての責任を取る覚悟で手を出した。

けれど、抱いてみて、それは杞憂《きゆう》だとわかった。克則ごときがどうこうしようと、清彦は変わらなかったのだ。どんなにくちづけても、どんなに泣かせても、どんなに欲望を注ぎこんでも、清彦は美しくて気高くて清らかだった。

清彦は、なにも変わらない。いや、むしろいっそう魅力的になり、克則を虜《とりこ》にした。

清彦の薄い舌をたっぷりと舐《な》め、軽く噛《か》み、吐息まで奪う勢いで堪能《たんのう》して、克則は唇を放した。溢れた唾液《だえき》で唇を濡らした清彦が、官能に染まった視線の定まらない目で克則を見上げてくる。バスローブの襟が乱れて、乳首が見えそうなほどになっていた。白い肌に、数えきれないほどキスマークが残っている。愛しあった証《あかし》だ。もっと、もっともっとつけたい。もっと愛したい。いますぐにでも、さっき最後のセックスのあとに洗ったばかりの清彦の後ろに、克則の尽きない欲望を埋めこんで激しく突いて、情熱をぶちまけたい。

でもそんなことをしたら清彦の体力は限界を越えてしまうだろうし、克則のビジネスマンとしての信用はガタ落ちになるだろう。もう行かなければならない。ホテルのエントランスで待っている河合は、時計と睨《にら》めっこしているはずだ。

上気した清彦の頬を、克則は愛をこめて撫《な》でた。しっとりと吸いつくような肌だ。

「できるだけはやく終わらせて、ここに戻ってくるよ。待っていてくれるか？」

「……………うん…………」

目を伏せてちいさく頷《うなず》く清彦が、もう食べてしまいたいくらいかわいい。全身で寂しいと訴えている。克則は思い切って清彦から離れ、「行ってくる」と今度こそ部屋を出た。ほとんど走るようにしてホテルの廊下を進み、エレベーターに飛び乗る。そうでもしないと清彦のところへ戻って、また抱きしめてしまいそうだった。

もう離せない。もうダメだ。もう一日たりとも清彦の顔を見ないのは耐えられない。

一度でも抱いたら、死ぬまで執着するかもしれないと、自分の情の深さを危惧《きぐ》していたが、当たってしまった。今夜はここに戻ってきて清彦と過ごすとして、明日からどうするか考えなければ。

二人で暮らせる場所を探そう。マンションでも戸建てでもいい。清彦に相応《ふさわ》しい、最高級の住まいだ。清彦の大学まで多少遠くなっても車で送迎させればとくに問題はないだろう。一番の障害は、おそらく重彦《しげひこ》だ。絶対に反対する。それをどう説き伏せるか……。

そんなことを考えながら、克則は一階まで下りた。エントランスロビーのソファに座って待っていた河合が立ち上がる。

「すまない、待たせた」

「構いませんよ。部屋から出てきてくださっただけで合格です」

河合に苦笑されて、克則は思わず視線を泳がせた。すべてを知られている秘書というのも、やりにくい。いろいろと便宜をはかってくれるのはありがたいが。

待機していた専用車に乗りこむとすぐ、克則は今日の予定を確認した。

「できるだけはやく仕事を終わらせて、ここに戻ってきたい。調整してくれないか」

「ここに、ですか？」

「ここだ。清彦が待っている」

「ああ、はい、わかりました」

ちらっと呆《あき》れた顔を見せたが、ベテラン秘書はすぐに了解してくれた。

「それと、重彦からなにか連絡が来るかもしれない。近いうちに一度、話し合わなければならないと思うから、会えるように時間を作っておいてくれ」

「……なにを話し合われるのですか？　清彦様のことで？」

「あの子を、もらう」

きっぱりと言い切った克則を、河合が目を丸くしてまじまじと見つめてくる。もらう、という表現から、ただ正式に両家に認められた恋人として付き合いを続けていくという意味ではなく、一緒に暮らすというニュアンスが伝わっただろう。

ずいぶんと性急なことを——とでも言いたげな視線に、克則は「仕方がない」と照れかくしにムッとしてみせた。

「もう離れられないとわかったんだ」

「……さようですか」

河合はひとつ息をつき、膝にＰＣを広げてスケジュール調整をはじめた。引き受けてくれたなら河合はなんとかしてみせる秘書だ。任せておけば大丈夫。克則はホッとして車窓を眺めた。清彦を置いてきたＴホテルは、林立する高層ビルに遮られて、もうとうに見えなくなっている。

きっと清彦はだるい体をベッドに横たえ、もう一度眠っただろう。もう一度というのは正しくないか。二晩とも、まとまった睡眠というものを取らせてあげなかった。

土曜日の夜、仲直りをしてすぐにベッドでセックスをした。バスルームに連れていって体を洗ったが、結局、間を置かずに克則が兆してしまい、ぐずる清彦を宥《なだ》めすかして挿入してしまった。その後、ときどき休みながらも月曜日の朝までセックスは続いた。

もう三十七歳だというのに、こんなにも精力があり余っていたとは驚きだった。それほど、この日を待っていたということだろうか。清彦のそばにいると、触りたくて仕方がなくなり、触っていると勃起してしまい、勃起してしまうとそれを入れたくなってしまう。

何度目かの挿入行為のあと、清彦は「もう本当に無理」と、それ以上のアナルセックスを拒んだ。だが何度放出しても萎《な》えない克則の性器を見て、かわいそうだと思ったのだろう、口で慰めてくれた。

あのときの甘美なひとときを思い出すと、克則は心をどこかへ持っていかれそうになってしまうくらいだ。ぎこちない舌使いと、小さな口いっぱいに頬張って苦しそうにしていた清彦の表情。技巧よりもビジュアルでやられて、克則は射精した。清彦のきれいな顔に体液をかけてしまい、申し訳なく思いながらも激しく興奮した。結局、そのあとでまた挿入して清彦に泣かれたのだが。

「聞いていらっしゃいますか？」

厳しい響きの声が聞こえて、克則はハッと我に返った。河合が胡乱《うろん》な目で見ている。

「あ、ああ、すまない……」

「さっきから話しかけているのですが」

「ごめん……」

「長年の夢がかなって有頂天になるのは構いませんが、仕事はきっちりこなしてください。色惚《いろぼ》けもたいがいにしないと、清彦様に愛想を尽かされますよ」

「わかっている」

河合にぴしりと叱られて、克則は背筋を伸ばした。そして河合の話に耳を傾ける。

だがすぐに、めくるめく官能の夜へと心が舞い戻ってしまい、克則は午前中いっぱい、何度も河合に叱られるはめになったのだった。


昼の休憩を挟み、なんとか通常モードに戻りつつあったころ、重彦が連絡もなく訪ねてきた。

「仕事中、すまない」

貴公子そのものといった穏やかな笑顔で克則の執務室に入ってくる。重彦も仕事の途中なのだろう、ビジネス用のかっちりとしたスーツを身にまとい、背筋を伸ばして凛《りん》とした佇《たたず》まいだ。やはり清彦とどことなく似ている。

「やあ、重彦。連絡しようと思っていたところだったんだ」

長年の親友プラス伴侶《はんりょ》の兄だ。どれほど多忙だろうと、克則は歓迎する。克則が席から立ち上がって笑顔を浮かべると、「すこし話があって、寄らしてもらったよ」と重彦は河合にも軽く会釈した。

デスク前のソファに向かいあって座ると、河合が二人分のコーヒーを運んできた。重彦は白い茶器を優雅に持ち、一口飲んだ。

「ああ、ここのコーヒーはいつ来ても美味《おい》しいね」

「お褒《ほ》めにあずかり、光栄です」

河合は軽く頭を下げて、部屋の隅に置かれた自分のデスクに戻った。席を外して二人の話を聞かないという選択肢はないのだろう。そもそも克則も重彦も河合の存在を気にしない。河合は空気のように気配を消すことができるし、二人とも生まれたときから家族以外の人間に世話をされて育っているので、信頼している使用人に対して行動をいちいち制限することはなかった。

「清彦のことなんだが」

天気の話から入るかと思ったが、重彦は最初から核心に踏み込んできた。おそらく重彦も時間がないのだろう。

「土曜日から一度も家に戻ってきていない。なんどか携帯に電話をしたが、ずっと出なかった。繋《つな》がったのは、ついさっきだ。今日は大学を休んだようだね」

「ああ、立ち歩ける状態ではなかったので、俺が休むことをすすめたんだ。申し訳ないことをした」

「…………清彦から聞いたぞ」

「なにを？」

「おまえがケダモノそのものだということをだ」

カシャンと茶器が音を立てた。重彦にしては珍しい、荒っぽいしぐさでテーブルにカップが置かれる。重彦は秀麗な額に青筋を立てていた。射るような視線で克則を睨んでいる。わずかに呼吸も荒い。

怒りを理性で抑えているように見えた。

「立てなくなるほど清彦に無体《むたい》を働いたのだろう。あの子は今泉家の至宝だと言ったはずだ。大切に大切に、両親と俺が目の中に入れても痛くないほどにかわいがって育ててきたんだぞ。それを、おまえは……」

「俺は精一杯、大切にしている。無体を働いたつもりはない。愛の行為がいきすぎて大学を休まなければならなくなったことは反省している」

「反省すればいいというものじゃない。愛の行為だ？　おまえはケダモノだったと清彦は電話で悲しそうに言っていたぞ。もう家に帰してほしい。おまえに預けておいては清彦が壊される」

「清彦がそんなことを言ったのか？」

「言った。まさかここまで酷《ひど》い目にあうとは思っていなかったとな」

克則はすくなからずショックを受けた。溢れる想いを清彦に注いだだけだが、それが負担だったのだろうか。

今朝、ホテルを出てくるとき、清彦は眠そうにしていた。きっとあのあと寝ただろう。重彦から電話がかかってきたとき、清彦はもしかしたら寝ぼけていて言いたくもないことを言わされたのかもしれない。あれほど何度も愛を確認しあったのに、酷い目にあったなんて清彦が言うわけがない。

よし、今夜ホテルに戻ったら、清彦に確かめよう。

考えこんだ克則をやりこめたと勘違いした重彦は、「じゃあ、清彦をきちんと帰してくれよ」と意気揚々と帰っていった。河合がコーヒーカップを片づけてくれるのをぼうっと眺めていた克則だが、仕事が中断していたことを思い出す。慌ててデスクに戻り、書類に目を通し、パソコン画面に向きあった。集中しているうちに重彦の言葉は頭の中から抜けていく。ふと集中が途切れても、愛する清彦のいかがわしいシーンしか蘇ってこない。無垢《むく》な美しさの中に情熱を隠し持っていた清彦。ホテルに戻れば、また会えるのだ。

克則は無意識のうちに「ふふふ」と笑みをこぼしていた。そんな克則からは、重彦の訪問を問題視している空気は感じられない。こっそり嘆息している河合に、克則はまったく気づいていなかった。

仕事を終えてホテルに戻った克則は、清彦が待つ部屋に上がる前にフロントで支配人を呼びだした。顔馴染《なじ》みである年配の支配人は、清彦の今日一日の様子を訊《たず》ねる克則に、丁寧に答えてくれた。

「今泉様は午後四時ごろにルームサービスを頼まれました。コーンスープとパン、ミルクティーです。一時間後に従業員がワゴンを回収いたしましたところ、完食されていました」

「そうか……少ないながらも食事はしたか……」

だが一日の食事がそれだけなんて、あきらかに少なすぎる。いつもはもっと食べる清彦だが、それほど体調が悪いのだろうか。単に一人で寝ていたから面倒で食べなかっただけならいいが。

克則は腕時計で時間を確かめた。午後十時を過ぎている。これでも必死に仕事を片づけて戻ってきた。ビジネス関係の食事会がなかったのはありがたかったが、そのせいで克則は空腹だった。夕方に河合が用意してくれたサンドイッチを食べただけだ。

「ルームサービスを頼めるか？」

克則は自分用にパスタと、清彦用にリゾットを頼んだ。支配人に見送られてエレベーターに乗る。スイートルームフロア専用のエレベーターなので乗り合う客はいない。おかげで三十七年間の人生でもっとも伸びている鼻の下が目撃されなくてよかっただろう。もちろん本人に自覚はない。エレベーターを下り、部屋に近づいていくごとに克則の足取りは無意識のうちに弾んでいた。

「ただいま」

こんな挨拶とともに部屋に戻る日が来ようとは——と、克則はひそかに胸をじーんとさせながら、中に入っていった。清彦はリビングにいた。今朝とおなじようにバスローブをまとい、ソファにくったりと座っている。ちらりと克則を見て、「おかえり」とぶっきらぼうな口調ながら応えてくれた。

ああああ、なんて優雅で妖艶な姿だろうか。つい先週までは清廉な印象がほとんどだった清彦だが、怒涛《どとう》の週末を経て、壮絶な色気を身につけた。すべては克則が愛を注いだせいだ。一日離れていたからか、そのちがいがありありとわかる。なんて素晴らしいんだろう。ますます清彦に心が囚《とら》われていく。

「清彦、いい子にしていたか？」

スーツも脱がずに克則はソファへと突進していき、清彦をぎゅうっと抱きしめた。艶やかな黒髪に顔を埋《うず》めると甘い香りがする。ホテルのアメニティのシャンプーだろうが、克則もおなじものを使っているはずなのにこんなふうには香らないということは、清彦の体臭とまじって、こんなにいい匂いになっているのだろう。

たまらなく美味しそうな匂いに、克則は下腹部が熱くなるのを感じた。本能の赴くまま、ここで清彦を抱きたいほどの情熱がこみあげてくるが、もうすぐルームサービスが届く。真っ最中にベルが鳴ったら、清彦は興ざめしてしまうだろう。マイスイートハニーに嫌な思いはさせたくないので、この場は衝動を引っこめた。

「痛い、克則」

「ああ、すまない」

腕を緩めて、清彦の顔を覗《のぞ》きこむ。怒ってはおらず、目元をほんのりとピンク色に染めて唇をへの字に歪《ゆが》めていた。抱きしめられているだけなのに照れている恋人が、猛烈にかわいい。食べてしまいたいくらいにかわいい。

とりあえず、キスだけ……と思い、唇を重ねた。清彦はまったく抗《あらが》わず、従順に唇を受け止めてくれる。舌を挿入しても、素直に絡ませてきた。すっかり克則のキスを覚えた清彦が、もう愛《いと》しくて愛しくてならない。

やっぱり我慢できないかも、この場で一回——と理性を放棄しそうになったとき、リンゴーンとベルが鳴った。ルームサービスだろう。克則は仕方なく清彦を離した。ドアを開けに行くと、支配人が

ワゴンを押していた。部屋の中に入ってセッティングしたいと言う支配人を断り、ワゴンだけを受け取る。バスローブ一枚の清彦を、他人の目に晒《さら》したくなかった。午後四時に頼んだルームサービスのときに見られていたとしても、それはそれで仕方がない。非常に腹立たしいが。

「清彦、ルームサービスを頼んだんだ。一緒に食べないか」

ワゴンの上を見て、清彦は興味がない顔をした。

「すこしでいいから俺の食事に付き合ってほしいな」

そんな言い方をしたら、ものすごく面倒くさそうにソファから立ち上がった。以前は絶対にこんな態度は取らなかった。克則が恋人になったからこその、取り繕っていない態度なのだろう。そう思うとこれまた嬉しくてたまらない。

ダイニングテーブルに皿を移して、二人で夜食を食べた。清彦はスプーンを口に運ぶことすら億劫《おっくう》そうだったので、早々と自分のパスタを食べてしまった克則は、スプーンにリゾットをすくって清彦の口に運んでやった。

「あーん」とやってみたら、清彦は嫌がることなく口を開いたのだ。全幅の信頼があるからこその、清彦の甘えかと思うと、もうかわいくてかわいくて、頭がおかしくなりそうだ。

リゾットを半分ほど食べて、清彦は「もういらない」と口を開けなくなった。半分でも食べただけいいだろうと、克則はワゴンに皿を戻してドアの外に出した。

「もう今夜は風呂を使った？」

「まだだけど」

「じゃあ、一緒に入ろうか」

「えっ……」

清彦は目を丸くして振り返り、笑顔全開の克則と視線があうと、困惑するように逸《そ》らした。セックスのせいでどろどろになった体を克則に洗ってもらうという、一種のプレイをすでに経験している清彦だから、バスルームでなにをされるのか察して恥ずかしがっているのだろう。

「……あの、克則……」

「なんだい？」

「今夜は、その……」

清彦は言葉を濁して俯《うつむ》いた。耳が赤くなっているのが初心《うぶ》さを現しているようで、よこしまな男心をそそる。またもやこの場で押し倒してしまいたい衝動にかられる。

「い、入れるのは、なしで……」

その一言を口にすることが、清彦にとってどれだけの勇気が必要だったか、克則は想像することしかできない。涙目になっているのを隠そうとしている清彦の背中を、克則は労《いた》わるように優しく撫でた。

「わかった。ずっと無理をさせてしまって、すまない。痛むか？」

「すこし……」

「薬を持ってきてもらおうか？　手当をした方がいいなら――」

すぐにでもフロントに電話をして支配人に頼もうと腰を浮かした克則を、清彦が慌ててとめた。

「待って、薬はいい。いらない。そんなの、持ってきてもらったら知られてしまう」

「わかった。じゃあ頼まない」

克則が頷くと、清彦はホッとしたように表情を緩めた。土曜日からずっと二人で連泊していて、何度かベッドのシーツを交換してもらったし、ゴミ箱の中身だって回収してもらっている。ホテルの従業員たちには、とうに知られていると思った方がいいと教えてもいいが、清彦の精神安定のためにここは黙っておくことにした。伝統ある老舗《しにせ》ホテルだ。たとえ知られても外部に漏らすような愚かな従業員はいない。気にすることはないのだが、まだまだ経験の浅い清彦にしたら一大事なのだろう。

「おいで、一緒に入ろう」

克則が手を引くと清彦はバスルームまで歩いた。足取りはしっかりしている。このぶんなら明日には外出できるだろう。本人が望むように、今夜は挿入行為はしない方がいい。

バスローブを脱がせると、清彦は下になにもつけていなかった。嬉しい驚きだ。こんな格好で食事していたのかと思うと、いまさらながら興奮してきてしまう。

二人で裸になって、熱いシャワーを浴びた。清彦の世話を焼きたくてたまらない克則は、ボディソープで清彦を隅から隅まで泡だらけにして、きれいにした。されるままになっていた清彦だが、ときどき「あっ」とちいさく声を上げる。どうやら克則の手に感じてしまっているようだ。

いまは純粋に洗っているだけなので感じている自分が恥ずかしいのか、清彦は真っ赤になって顔を背けている。泡の中で、清彦の性器が勃《た》ちあがっていた。シャワーで泡を流してしまえば、それが露わになる。そのままにしておくなんてもったいないことはできなくて、克則はそれを握った。

「あんっ」

「清彦………」

正面から抱きしめて、立ったまま清彦のそこを片手で扱《しご》いた。清彦が素直に身を委ねてくるから、調子に乗って唇を重ねる。舌を絡める淫《みだ》らなキスをしながら、清彦のそこをかわいがった。ちらりと手元を見下ろすと、清彦のものが熟れた果物のような瑞々《みずみず》しさと美しさをたたえてそこにある。

克則はバスルームの床に膝をつき、清彦を口腔で愛撫《あいぶ》した。こうしてかわいがるのははじめてではないが、清彦はそのたびに嫌がって逃げようとする。たぶん羞恥が酷いのだろう。

「ああ、ああ、ああっ、克則、克…則っ」

白い体をくねらせて、清彦は淫らなダンスを踊っている。長くはもたずに、口腔のそれは弾けて体液を吐き出した。一滴残らず吸い取って嚥下《えんか》し、誇らしい気分で顔を上げた。清彦はとろりと快楽に濡れた瞳で見下ろしてきている。

「克則は……どうするの？」

清彦の視線は克則の股間に向かっていた。情熱がはち切れんばかりに凝り固まった克則のそれは、年甲斐《としがい》もなく臍《へそ》につくほどにそり返っている。さっき挿入しないと約束したばかりなので、それを破るつもりはない。だがこのままでは辛《つら》いので、できれば清彦に処理してもらいたいのだが——そうだ。

「素股してもいいか？」

「スマタ……？」

清彦がシャワーで濡れた髪のまま小首を傾げる。うう、かわいい。素股を知らない清彦に、克則はさらに萌《も》えた。

「こうして、動かないでいて」

バスタブに両手で摑《つか》まらせ、尻を突き出させる。白くてちいさな尻を、克則はうっとりと撫でた。

「あの、今夜は入れないでって……」

「大丈夫、入れないから」

「そう？」

「でもちょっと見せて」

「えっ？」

尻の谷間を広げて、二晩続けて酷使してしまったところを見た。

「やだ、克則、見るなっ」

「こらこら、動かない」

全身をほのピンク色に染めて清彦が身を捩《よじ》ったが、克則は予想していたのでがっしりと腰をホールドして動きを封じた。

「ああ、すこし腫れているね」

窄《すぼ》まりは慎《つつ》ましく閉じているが、若干、腫れぼったくなっている。はじめてなのにやりすぎたのだろう。できるだけ気を遣ったつもりだが、何度も体を繋げればこうなるのはわかっていたのに、欲望に負けてしまった。

「痛いか？」

「そんなには……」

すこしは痛いのだ。克則はそこに舌を伸ばして、べろりと舐めた。

「えっ？　やだ、やっ」

ここに舌を這《は》わせるのははじめてではない。清彦のすべてが愛おしくて、克則は体中のいたるところにキスをしたからだ。だが何度もいかせたあとの朦朧《もうろう》とした状態ではなく、こんなに明るい場所で正気であれば恥ずかしくて当然だ。だが克則は清彦の奥ゆかしい恥じらいも愛《め》でているので、この行為をやめるつもりはなかった。

そもそも清彦は恥ずかしいだけで気色悪いわけではないのだ。気持ちよすぎて勃ってしまう自分が淫乱だとでも思っているのかもしれない。克則は執拗《しつよう》にそこを舐めて痛みよ去れと念じた。自分を受け入れてくれる大切な場所だ。感じてたまらなくて清彦がそこをひくひくと震わせても、夢中になって舐めた。

「克、則、あっ、おねが……っ」

バスタブを掴んでいる清彦の両手が震えている。頬を上気させた清彦は、ふたたび勃起していた。放置されているそれが辛いのだろう。前も触ってほしいとねだっている。

「清彦、脚を閉じてもらえるかな」

「え……？」

ぼうっと眼を潤ませながら清彦は言いなりになってくれた。白い太腿の間に、克則は苦しいほどに勃起しているものを差しこんだ。清彦の陰嚢《いんのう》と性器を後ろから擦《こす》り上げるようにして、克則は荒々しく腰を使った。

「ああっ、あっ、あっ、あっ、あっ、あんっ」

「くっ、清彦……」

挿入してはいないが、背後から清彦を征服しているという体位に熱くなる。しなやかな背中が快楽にくねる様が淫らでありながら美しい。見惚《みと》れながら腰を突き上げた。

「ああっ！」

バスルームに清彦の嬌声《きょうせい》が響く。素股はされる方も気持ちがいいというのは本当のようだ。股は敏感で、こうして擦《こす》られると快感がある。感じやすい者ならこれだけの刺激でもたまらないらしい。

清彦にはまだ言っていないが、どうやらとても感じやすい体質のようで、克則には嬉しいかぎりだ。挿入行為できちんと快感を得ることができる体であって、本当によかった。いくら愛があっても、体の相性が合わなければ、あまり楽しくない未来が待っていそうで怖い。これだけしっくりくるのだか

ら、自分たちは出会うべくして出会い、惹かれるべくして惹《ひ》かれたのだと思う。

「ああ、清彦………っ」

克則は愛の証をそこに放出した。清彦もいつのまにか射精していて、二人とも股間をどろどろにしていた。短時間に二回もいかされてぐったりした清彦をシャワーで流してあげると、克則は抱きかかえてタオルでくるんだ。そのままベッドにそっと寝かせて、二人とも全裸のまま布団にくるまる。

克則が抱き寄せると、清彦は弱々しく抗うしぐさをした。またセックスがはじまると思ったのかもしれない。

「もうなにもしないよ」

「…………」

なにも言わないが、ちらりと腕の中から見上げてくる目には疑惑が浮かんでいるようだ。信用されていない。これだけ盛《さか》っていれば「なにもしない」という言葉が信じられないのは当然かもしれない。

「本当に今夜はもうしないから、ゆっくり眠ろう」

「寝ても、いい？」

「いいよ」

清彦がふっと全身から力を抜いたのがわかった。ゆっくりと閉じられたまぶたに、克則は触れるだけのキスをする。

「愛しているよ」

もう数えきれないほど囁《ささや》いたが、何百回、何千回と口にしてもまだこの想いを表すには足らないように思う。何度でも言おう。何度でも囁こう。清彦を愛しいと思うたびに、数限りなく愛の言葉を告げていこう。

「清彦、もう君を離したくない。君がいなければ、俺は生きていけないよ」

「克則……」

長いまつげを震わせながら、清彦が見つめてくる。薄闇の中で、清彦の頬は最高級の真珠のように神秘的な輝きを放っていた。

「二人で暮らそう。一日だって離れたくないんだ。それは君もおなじだろう？」

清彦は返事をしなかったが、克則は構わずに続けた。

「家を探すよ。マンションでも戸建てでもいいが、静かなところがいいな。二人でゆっくりと夜を過ごせるような……。君はそこから大学に通えばいい。俺は仕事に行く。俺はあいかわらず多忙だろうが、だからこそ二人の時間を大切にしたい。帰宅したときに君の笑顔があれば、俺はどれだけ癒《いや》されるだろう」

「克則……」

「愛しているよ、清彦。今泉《いまいずみ》家には近いうちに挨拶に行く。絶対に許してもらうつもりだ。君は今泉家の大切な息子だから許してもらうのは大変かもしれないが、かならず説得してみせるよ。攫って二度と実家に戻れなくするつもりはないと誠意をもって話せば、きっとわかってくれる。君も、好きなときに戻っていいからね」

「二人で暮らす？　どうやって？」

「どうって……二人でこうして寝て、起きて、食事をして、それぞれ仕事と学校へ行く。帰ってきたら、また二人で食事をして、たまには一緒に風呂に入って、またこうして二人で寝る。それだけだ。それが生活をともにしていくということだろう？　休日には二人で出かけよう」

「そんなこと、できるの？」

多忙なのに休日など取れるのかと清彦が訊ねていると、このときの克則は思った。

「できるだけきちんと休みは取るようにするよ。君との時間を確保したいからね」

「…………」

無言になった清彦をさらに抱き寄せ、克則は数十年後の平和な光景を思い描く。

日当たりのよいサンルームで、年を取った自分と清彦がのんびりとお茶を楽しむ図だ。清彦はきっと年を取っても美しいままだろう。皺《しわ》が刻まれようと白髪が増えようと、克則の目には美しく映るに決まっている。そのころには引退して、清彦だけを見つめながら――。

「克則、本気で二人暮らしを考えているのか？」

腕の中で清彦がぽつりと聞いてきた。両親と兄が克則との二人暮らしを許可しないのではないかと、きっと不安なのだろう。

「大丈夫、俺の伴侶は君だけだ。真剣に話をすれば、ご両親も重彦もわかってくれる」

「二人で暮らす……」

「そうだよ、二人きりだ。どんな家がいいのか、清彦も考えておいてくれ。どこか良い土地があったら家を建ててもいいいな。設計から二人で考える、二人の家だ。それまでこのホテルで暮らせばいい。とくに不便はないし、俺の職場からも近い」

「…………」

「楽しみだ。君との暮らし……」

うっとりと語りながら、克則はやがて睡魔に襲われて目を閉じた。清彦が暗闇の中でいつまでも眠れずに目を開けていたことなど、まったく気づかなかった。


火曜日の朝、二人はルームサービスで朝食をとり、身なりを整えた。河合にまたスーツを届けさせた克則だが、清彦も普段着を届けさせていて驚いた。いつのまにそんな手配をしたのか、知らなかった。カジュアルなシャツとコットンパンツ、秋物の薄手のコートだ。

「克則、僕は今日から自宅に戻る」

突然の宣言に、克則は一瞬、ぽかんとした。自宅に戻る？　いまそう言ったか？

「えっ？　ど、どうして？」

「いつまでもホテル暮らしはダメだろう。今泉家の運転手が下で待っている。この服を届けてくれたのも運転手だ」

清彦は当然といった澄ました顔で食後のコーヒーを飲んでいる。

克則はいささかパニックになった。当分はこのままホテル暮らしで構わないと言ったはずだ。ここから清彦は大学へ通えばいい。重彦がまたなにか言ってくる前に、今泉家へ挨拶に行くつもりだった。

「じゃあ、僕は行く」

コーヒーを飲みほして腰を浮かせた清彦を、克則は慌てて制止した。

「待ってくれ、清彦」

清彦と離れたくない。一晩だって離れたくないのだ。

「いきなりどうしたんだ？　二人で暮らそうと昨夜話したばかりじゃないか」

「話していたのは克則だけで、僕は同意したつもりはない」

きっぱりと言い切られて克則は硬直した。そうだったかなと、昨夜の会話を思い出そうとしたが、混乱しているからか記憶がうまく蘇ってくれない。

「克則も河合さんがもう下で待っているのだろう？　はやく下りた方がいい。この部屋はチェックアウトしておいてくれ」

コートを手にかけて、清彦はすたすたとドアへ向かってしまう。凛とした横顔には名残惜しさみたいな感情は浮かんでおらず、克則はますますパニックになった。

「待ってくれ、清彦、本当に。俺にわかるように、きちんと説明してくれ」

ほとんど縋《すが》りつかんばかりに、自分よりはるかに小柄で細身の清彦を引きとめる。清彦は涼やかな目で克則を真正面から見つめてきた。一切濁りのない、高潔な瞳が克則を映す。

「克則、すこし冷静になれ」

「えっ……」

「僕はまだ学生で、学業を優先しなければならない。それに克則も浮ついている時期ではないだろう。大切なプロジェクトを任されているのなら、全力で取り組んでほしい」

腕を摑んでいた手をやんわりと外される。清彦は静かな表情でコートを着こんだ。まるで淫らに喘《あえ》いだときのことなどすっかり忘れてしまったかのように。

「これまで通り、時間ができたときに会いに来てくれ。待っている」

清彦はそれだけ言い残して、スイートルームを出ていってしまった。眼前で閉じられたドアを茫然《ぼうぜん》と見つめ、克則はかなり長いこと動けないでいた。スーツのポケットで携帯電話が耳障りな電子音を鳴らし続けているのに気づき、のろのろと応答する。

『河合です。そろそろ時間が厳しくなってまいりました。まだしばらく時間がかかりそうですか？』

「いや、いま行く」

『あれ？　いま、エレベーターから清彦様が下りていらっしゃいましたが……』

「今日から大学に行くそうだ」

『ああ、はい、そうですか。ではエントランスでお待ちしております』

通話を切ってから、克則も部屋を出た。土曜日から三泊もした部屋を去るのは、なんだか寂しかったが、こんな感傷を抱いたのは克則だけだったようだ。清彦はさっさと出て行ってしまった。

エレベーターに乗って一階へ降りながら、清彦から見て、そんなに自分は冷静ではなかったのかとショックだった。確かに浮かれていた。待ち続けた、清彦とのセックスに溺れた。それが清彦の目には奇異に映ったのだとしたら、克則が悪い。

十七歳も年上の四捨五入したら四十歳にもなろうという男が色欲に溺れる様は、あまり美しいとはいえなかっただろう。反省しなければなるまい――。

とりあえず一階に着いてすぐフロントでチェックアウトした。待ち構えていた河合とともに車に乗って本社へと向かう。今日のスケジュールの中で変更箇所があるという報告を受けている間も、本社に到着して自分の執務室に向かう間も、とにかく克則はぼうっとしてしまっていた。

自分のデスクについても、なかなか切り替えることができない。去っていったときの清彦の冷たくも美しい横顔が脳裏に焼き付いていた。

あの青年が自分だけものになったと思うと、喜びで胸がいっぱいになる。いますぐにでも清彦のもとへ駆けつけて抱きしめたいほどだ。だがそんな愚かな愛情表現をやりかねないほど熱くなっているところがいけなかったのだとしたら、清彦には見せないようにしなければ。

「どうぞ」

なかなか仕事に取り掛かれないでいると、目の前にコーヒーカップが置かれた。河合が渋い表情で克則を覗きこんできている。これは叱られる五分前の顔だ。

克則はしっかりしなければと自分に言い聞かせながらコーヒーを飲んだ。いつもの美味しいコーヒーだ。これを飲んだらきちんと仕事をしよう。

克則は背筋を伸ばした。


『おはよう。今朝はいい天気だね。今日も君に会いに行けなさそうだけど、愛しい君の笑顔を心に思い浮かべながら、仕事をするよ』

会社に向かう車の中で、克則はそんな文面のメールを送る。できたら電話で声が聞きたいが、それは夜だけにしようと決めている。声なんか聞いてしまったら、あのめくるめく週末でのあれこれが蘇ってきてしまい、仕事どころではなくなるおそれがあるからだ。はっきりいって、克則は欲求不満と恋患いで日常生活に支障をきたすほどになっていた。

ホテルで別れてから、もう三日。一度も清彦に会えていない。こうなることがわかっていたから、同居したかったのだ。一緒に暮らせば、せめて夜だけでも顔を合わせることができたものを。

この週末は海外への出張が予定されていて、もう会いに行くことはできないとわかっている。となると、会える日は来週以降だ。

「あっ」

ピロリンと軽やかな音がしてメールを受信した。清彦からの返信だ。いそいそと開けてみたが、望むような言葉はなかった。

『おはよう。今日の降水確率は十パーセント未満だそうだ。僕の笑顔など思い浮かべても時間の無駄だから、克則は仕事に精を出すように。健闘を祈る』

君はどこのボスなの、と克則はがっくりと肩を落とす。せめて『僕も克則を思い浮かべながら大学に行ってくるよ』くらいの言葉はほしかった。大和撫子《やまとなでしこ》の清彦は口ではなかなか甘い言葉を言ってくれないが、メールならちょくちょく書いてくれることがある。期待したぶん、克則の脱力は酷い。

ぼんやりと車窓を眺めはじめた克則に、河合が「なにかご不明な点でも？」と聞いてくる。克則の膝の上には今日のスケジュールをプリントアウトしたものが乗っていた。

「いや、べつに………」

河合が作成したスケジュールに不明な点などあるわけがない。長い付き合いのおかげで、二人の息はぴったりなのだ。

夜になったら電話しよう。そっけない文章は照れているせいだ。きっと。

「なにかありましたか？」

「………いや、なにもない。大丈夫だ」

大丈夫だと言ってしまった時点でなにもなかったことにはならないとは気づかず、克則はため息をついた。

その夜、午後十時になったと同時に、克則は清彦に電話をかけた。十一時を過ぎると就寝してしまうおそれがあるし、九時では入浴中であることが多い。

「もしもし、清彦？　こんばんは」

克則はまだ会社にいた。河合はいま席を外している。残業なんていつものことで、まだいくつか片づけなければならないこともあるが、たぶん日付が変わる前には帰宅できるだろう。予想通り清彦に会いに行くことはできなかった。

『こんばんは』

清彦の静かな声音に、克則は鼓膜をじんと痺《しび》れさせた。

「いま、すこし話しても大丈夫？」

『すこしだけなら』

ゆっくりは話せないのかと、克則は残念に思ったが、仕方がない。清彦は真面目な大学生だから帰宅後も勉強したり課題をしたりと忙しいのだろう。克則も仕事の途中ではある。

「体調はどうかな？　大学には問題なく行けた？」

『……体調は心配ない。予定通りに講義をすべて受けてきた』

「そう、それはよかった。俺のせいで君の体になにかあったら――」

『克則、いまどこにいる？』

「会社だけど」

『仕事中なのか？　だったらこんな電話なんかしていないで、さっさと仕事を片づけろ。河合さんも一緒に残っているのなら、気の毒だ』

清彦のいつになく厳しい口調に、克則は戸惑った。だがまちがってはいないので反論できない。残業中に恋人の声が聞きたくて、とくに用事もないのに電話しているのは克則なのだ。

『もう切るから』

「えっ、もう？」

『また電話してくれ。今度は仕事が終わったら。いいな？』

「わ、わかった」

仕事が終わってからでは清彦はもう就寝している時間になってしまうのだが、とりあえず了解しておかないとこの場がおさまらないので克則は頷いた。通話を切られそうになり、慌てて「おやすみ」と付け加える。

『おやすみ』

短く応えて、清彦との通話はあっさり切られてしまった。ツーツーと虚《むな》しく鳴る携帯電話を手に、克則はしばし茫然とする。もしかして、清彦は機嫌が悪かったのだろうか。

大学でなにか嫌なことでもあったのかもしれない。それで恋人に甘えて八つ当たり気味な態度になっているとしたら、克則は広い心で受けとめなければならないだろう。

河合が部屋に戻ってきた。私用の携帯電話を手にしている克則をちらりと見て、なにも言わずに自

分の席に座る。おそらく清彦に電話をかけたと気づかれているだろう。克則はデスクの端にそっと電話を置き、ため息をつきながら書類に向き合う。

清彦に会いたい。電話だけではやはりだめだ。清彦がどんな顔で話していたのか見えない。言いたいことがあっても自分の中に溜めこんでしまう清彦だから、顔を見て宥めながらじっくりと話を聞きだしてあげないと——。

だが会えるのは来週以降になりそうだ。あと何日も愛しい清彦の顔を見られないと思うと、克則は気力が萎えてしまいそうになった。

会いたい。清彦に会いたくて会いたくて、気が狂いそうだ。

一週間たった。会えない理由はすべて克則の仕事のせいだ。

もちろん電話とメールはできるだけこまめにしている。だが『会いたい』とメールを送れば『そう。忙しそうだね』とできたてほやほやの恋人とは思えないそっけない文面が届く。じゃあ声だけでも聞こうと電話をかければ、『電話している暇があったら睡眠を取った方がいい』と叱られてしまう。

せめて『僕も会いたい』くらいは言ってほしい。もうすこしあたたかい言葉が聞きたい。しかしそんな女々しいことは言えないので、克則はぐっと我慢していた。

もしかして、自分で気づかないうちになにかやらかしたのだろうか。

そういえば、重彦が言っていた。清彦が克則のことを、ケダモノだとか酷い目にあったとか言っていたと。そんなことを清彦が兄に告げたとは思えないが、重彦がまったくの嘘を言ったとも思えない。清彦は本当に、そのようなニュアンスのことを重彦に話したのだろう。

まさか、清彦はもう克則を嫌いになったのだろうか……？

いや、まさか。まさかそんなことはないだろう。何度も愛を確かめあったのに、清彦が心変わりをするなんて考えられない。

「まさか………」

心変わりなんかではなく、克則とのセックスが嫌になったのだとしたら？

やっぱり、深窓の令息である清彦に、いきなり大人の濃いセックスをぶつけたのは間違いだったのか。だがあのとき清彦は望んでいると言ってくれたし、克則ももう我慢できなかった。清彦が愛しくて、すべてを奪いたかった。ホテルに滞在しているあいだ、清彦がなにも言わなかったから、それでいいと思いこんでいた。

ケダモノに酷い目にあわされたと思っているのなら、克則のメールや電話に冷たい対応をするのも頷ける。

体中をしつこく舐めすぎたのだろうか。清彦の薄い舌の感触がたまらなくて一時間近くも延々とキスをしたからだろうか。二晩で何度も挿入行為を求めたからだろうか。

それとも、清彦が感じてくれているのが嬉しくて、ちょっとした言葉責めを試みたからだろうか。

でもあれは、そんなたいしたことは言っていない。「すごく濡れている」とか「お尻で感じるの？」とか、「乳首がいやらしく勃っているね」とか、そのていどだ。あとは、清彦の体がいかに素晴らしいか、実況中継みたいなことはしたが。絶妙な締めつけに感動したのは本当だし、いき顔が壮絶なほど美しかったのも嘘じゃない。克則はすべて真実を言葉にしていた。

それと、いくつか約束ごとはした。挿入してほしければ「入れてほしい」とおねだりすること、射精しそうになったら「いく」と言うこと、克則が中出ししたときは一緒に風呂に入って指でかき出す作業をさせること、くらいだ。

脳内で作成した「清彦を抱くことができるようになったらやってみたい行為のリスト」の、ほんの一部だったのだが、これらが清彦の禁止事項に当たるなら、あとはぜんぶ諦めなければならない。いやいや、そういうレベルの話ではないな。清彦に失望された、あるいは嫌われたとしたら、いったいどうすればいいのか。

二度とセックスしたくない、どころか二度と会いたくないと清彦に思われていたとしたら――。

「………俺はもう、生きていられないかもしれない………」

克則は青くなってがっくりと項垂《うなだ》れた。

「どうかしましたか？」

河合がそっと声をかけてきた。ああ、ここは会社だったと、克則は思い出す。仕事中だというのに、心ここにあらずで清彦のことばかりを考えてしまっていた。

「……すまない。ちょっと疲れが……」

「なにか飲みますか？」

「……そうだな、熱いお茶をもらおうか」

「少々お待ちください」

河合が早足で部屋を出ていくのを、克則はぼんやりと見送った。そっと私用の携帯電話を取り出し、清彦からのメールが届いていないか確認する。なにもない。

どうすればいい。清彦に許しを請うには、なにをどうすればいい？

克則の手元に湯のみを置いてくれた河合を見上げる。人生の先輩である河合には、いままでたくさんの助言、苦言をもらってきた。常識人である河合なら、こんなときどうすればいいのかアドバイスがもらえるかもしれない。

「河合、すこし相談がある」

「はい、なんでしょう」

克則がなにかを言い出すのを待っていたかのように、河合が一歩近づいた。

「……清彦が、その…………俺に対して怒っているかもしれないんだが、どうすればいいかな」

「清彦様が？　なにかしでかしたのですか？　あれ以来、お会いできていないようですが」

「会えていないから、よくわからないんだが、俺に冷たいような気がして」

まさかセックスの相性がよくなかったようだ、とは言えない。奥歯にものが挟まったような話し方に不審を抱いただろうが、賢い河合は追及してこなかった。

「そうですね、なかなかお会いできないのですから、とりあえずプレゼントでもお贈りすればどうでしょうか？」

「なるほど」

思わず膝を打った。素晴らしいアイデアだと、克則は一気に気分がよくなる。

「清彦様はなんでもお持ちですから、贈るものは必要なものというより、副社長の気持ちがこもったものであればよろしいかと思います。聡明《そうめい》な清彦様のことですから、副社長の愛情がこもったものを邪険に扱うことは絶対にないと……」

「そうか、そうだな。そうしよう」

克則はわくわくしてきた。清彦にプレゼント。クリスマスまではまだ二カ月もあるが、プレゼントに季節の行事など関係ない。贈りたいときに贈ればいいのだ。

「最高のアドバイスをありがとう」

「どういたしまして」

なにを贈ろう。じつは、清彦にいままでプレゼントらしいプレゼントをしたことがない。

誕生日には毎年、薔薇《バラ》の花束を贈っていた。十代の少年になにを贈ったらいいのかわからなかったからだが、河合の言う通り、聡明な清彦は克則の愛情がこもっている花束を嫌がったことなどない。

きっとプレゼントがなんであっても、清彦は突き返すことなく受け取ってくれるだろう。

だが、できるなら喜んでもらいたい。なにがいいだろうか。

克則はプレゼントに思いを馳《は》せながら、意欲的に仕事に取り組むことにした。


悩んだすえ、清彦へのプレゼントは指輪にした。もちろん、サイズは左手薬指に合わせた。

河合が言っていたように、清彦は必要なもの、ほしいものはなんでも手に入る。だから克則が贈りたいものにしてもいいかな、と思ったのだ。愛の証である指輪を贈って、身につけてもらいたい。

状況的には婚約指輪だろうか。結婚指輪は入籍したときに贈ろう。

まだ二十歳の学生なので、外出時に左手薬指に指輪をはめていたら奇異な目で見られる可能性がある。家にいるときだけでもいいから、指にはめていてほしいと言葉を添えて贈るつもりだ。

仕事の合間に、銀座の老舗宝飾店で購入した。清彦の好みで選べたらよかったのだが、わからなかったので従業員が薦《すす》めるものにした。

「愛する人へ贈りたい」「近いうちに籍を入れる相手だ」と話したら、ベテランの女性店員はにこやかに「ご婚約おめでとうございます」と言ってくれた。それだけで克則は舞い上がってしまい、薦められるままに買ったのだ。

ほくほくした気分で会社に戻り、河合に尻を叩かれながら仕事の続きをした。だがその合間に、新居探しも怠らなかった。指輪を渡して愛の確認をしたら、もう一度、同居の話をしよう。そのためには、良さそうな物件をいくつかピックアップして本気であることを示した方がいいだろう。

ネットでマンションを検索する。セキュリティがしっかりしている物件ならば、家賃は問わない。仮住まいだからだ。その後長く住むのは、やはり戸建てがいい。土地を見つけて、二人で設計段階から意見を出して、理想の家を作り上げよう。その過程で、きっと清彦がなにをどう考えているのか、いまよりもっと知ることができると思う。

庭の広さや間取り、どんな雰囲気の家にしたいのか、清彦の希望を聞きたい。もし今泉家のような日本家屋がいいのなら、一流の腕をもつ大工を探してこよう。

「……ああ、楽しみだ……」

克則は指輪を贈ったときの清彦を思い描き、うっとりと眼を閉じる。指輪ケースはデスクの引き出しに入れてあった。アドバイスをくれた河合はあれからなにも言わないが、克則がなにかを買ったことには気づいているようだ。

「もし、できるだけはやく清彦様に贈りたいようでしたら、僭越《せんえつ》ながら私が宅配いたしますが」

ご機嫌な克則にそう言ってくれた。だがプレゼントは指輪だ。できれば自分で渡したい。

「ありがとう。だが自分で渡すよ。清彦のびっくりする顔が見たいからね」

「そうですか。わかりました。では、できるだけはやくお会いできるように、こちらにも目を通してください。至急、だそうです」

ファイルを差し出されても、浮かれている克則は嫌な顔をせずに手に取った。来年の春に就航予定の航空旅客機の写真が目に飛び込んでくる。白い機体に鮮やかなブルーのラインが若々しい印象で好感が持てる。どうやら航空機に愛称をつける案があるらしい。さらに、ゆるキャラを作ってはどうかという案もある。

「なるほど、愛称か……」

ひろく公募するのも宣伝になっていいが、それには時間が足らないかもしれない。もう半年を切っている。長谷川《はせがわ》グループが航空業界に参入することは、極秘に進められていた。発表されたのは今年の夏。いまからほんの二カ月前のことだった。宣伝については広告代理店に任せてあるが、愛称とゆるキャラに関しては時間がないこともあって、克則に判断を仰いできたのだろう。

白い機体にブルーのライン。清々しい印象のデザインだ。これに愛称をつけるとしたら……。

「河合、航空機の愛称を思いついたぞ」

「なんでしょう？」

「清彦」

「…………」

笑顔で振り返った河合が、そのままの体勢で硬直したのだが、克則は気づいていない。

「われながらいいネーミングセンスだ。清彦が空を飛ぶなんて、素晴らしいじゃないか」

「副社長」

「ん？」

河合が笑顔でぐぐっと詰め寄ってきた。顔は笑っているが目が真剣で、克則はちょっと引いた。

「おそらく、その愛称は却下されると思われます」

「どうしてだ？　ぴったりじゃないか」

「愛称はあくまでも愛称であって、それは実在する人物の名前です。しかも副社長の恋人の名前だと、あとで知られたらとんでもないことになりますよ」

「ああ、そうか。清彦が注目の的になって大変だな」

克則は清彦中心でしかものを考えられなくなっている。河合が言いたいこととはずれていたと克則が気づくのは、数年後のことだ。そのくらいの時間がたたなければ、浮かれた克則は清彦に関して冷静にはなれなかった。

「じゃあ、ゆるキャラの方の名前を清彦に……」

「副社長」

さらにぐぐぐっと河合に詰め寄られて、克則はほとんどハイバックチェアに磔《はりつけ》にされるような体勢になった。

「そちらも却下されると思われます」

「……愛称とおなじ理由か？」

「そうです」

「そうか……………」

克則はため息をついて提案をひっこめた。河合が言うことに間違いはないだろうから、強硬な態度に出るつもりはない。清彦への愛の証として、指輪プラス愛称というのは最高のプレゼントになるのではないかと思ったのだが――。

がっかりして下がった気分を盛り上げるため、克則はデスク上のパソコンで賃貸マンションの検索をした。もういくつかピックアップしてあるが、新居探しは飽きないから面白い。この間取りだったら清彦の勉強部屋としてここを与え、自分の書斎はここ、二人のベッドルームはここで……と、空想で遊べる。バスルームは広い方がいい。二人で入っても余裕がある広さでないとダメだ。ホテルでしてあげたように、事後の清彦を洗ってあげたい。敏感な清彦を洗うのは、とても楽しかった。

にやにやと鼻の下を伸ばして妄想に耽《ふけ》っている克則を、河合が哀れな子だと不憫《ふびん》に思いながら見ているなんて、本人は気づいていなかった。

なにも言わないまま、河合は自分の席に戻ってなにやら忙しくしていた。しばらくして席を立ち、克則の前にやってくる。

「副社長、なんとかスケジュールの調整ができました」

「えっ？」

「明日の夜、清彦様にお会いできます」

「本当か？」

思わず克則は立ち上がっていた。河合に詰め寄って、何度も「本当？」と確かめてしまう。

「本当に本当です。清彦様には私から連絡しておきますので、副社長は仕事だけに集中してください。余計なことは考えないで、その回りすぎる頭をビジネスに向けてください。いいですね？」

「わかった」

克則は拳《こぶし》を握って凜々《りり》しく返事をした。明日だ、明日の夜になったら清彦に会える。呪文のようにぶつぶつと唱えながら、克則はてきぱきと仕事を片づけた。


河合が「明日」と確約してくれた日は、土曜日だった。なんとか仕事を終わらせて河合に連れてこられたのは、本社にほど近い外資系のホテルだ。

「清彦様はお部屋でお待ちです。明日の日曜日は空けることができましたので、今夜はお二人でごゆっくりどうぞ」

ホテルの正面に停車した車からいそいそと下りようとした克則は、河合の口からまさかそんなセリフが出てくるとは思ってもいなかったので驚いた。河合はすこし疲れたような顔でため息をつく。

「副社長……今後はできるだけ清彦様との時間が作れるように努力しますので、くれぐれも常軌を逸するような言動はしないようにお願いします」

「あ、うん……。わかった」

河合があまりにも真剣な目でそう言うものだから、いったいなにを指してそんな忠告をしているのかわからなかったが、克則は一応頷いておいた。心はもう清彦に飛んでいる。そわそわしている克則を、河合は諦めたように解放してくれた。

「では、いってらっしゃいませ」

克則は逸《はや》る気持ちを抱えながらエントランスへと向かった。部屋番号は聞いていたので、エレベーターでさっさと上がってしまう。先週の火曜日の朝に別れたきりの清彦に、十一日ぶりに会うのだ。飛び上がりたいくらいに嬉しい。

スーツのポケットには指輪のケースが入っている。プレゼントをして、愛の言葉を囁いて、そしてセックスについて話し合いをしよう。清彦が嫌がることは絶対にしない。清彦を気持ちよくすることを最優先に、細心の注意を払って抱くと誓う。同居しても仕事は頑張ると約束して、あらためて、離れて暮らしたくないと訴えよう。

今夜、こうして河合の要請に応えてくれたのならば、克則の顔を見たくないというほどには拗《こじ》れていないということだ。まだ大丈夫。気持ちはある。克則が誠意をもって求愛すれば、清彦はもう一度信用してくれるはず。克則は自信があった。

ポーンと軽い電子音とともにエレベーターが目的の階に着いた。駆けだしたい気持ちを抑えて、深呼吸してから粛々と廊下を進む。部屋番号を確かめて、ベルを押した。そっと開いたドアの隙間から見えたのは、愛しい人――清彦だ。

二十センチほど下から見上げてくる黒い瞳には、純粋な歓喜が浮かんでいるようだった。嫌悪や戸惑いは見つからない。清彦も会えて嬉しいと思ってくれている。よし、大丈夫だと、克則は笑顔になった。

「待たせたね、ごめん」

「……そんなに待っていない……」

清彦は目を伏せて、「どうぞ」と入室を促してくれた。ドアを押さえてくれている清彦の横を通り抜けたとき、ふわっとシャンプーの香りがした。もしかして、清彦はシャワーを浴びてきているのか。

恋人としての夜を過ごす心づもりでいてくれるのなら、こんなに嬉しいことはない。にわかに体が熱くなってきて、克則は落ち着けと自分自身に言い聞かせなければならなかった。たとえそうだとしても、セックスについてよく話をしなければならないのはかわらない。長く付き合っていくうえで、とても大切なことだ。

短い廊下の先にはリビングダイニングルームがあった。ドアがない隣室はベッドルームで、薄暗い空間にクイーンサイズのベッドがふたつ並んでいるのがちらりと見えた。ダイニングテーブルにはテキストとノートが広げられていて、たったいままで清彦がここで勉強していたのがわかる。

「突然、呼び出してしまってすまなかったね」

「いや、それはいい。僕も……その、会いたかったから……」

尻すぼみに声が小さくなっていって聞き取りにくかったが、清彦は「会いたかった」と言ってくれた。克則はじーんと感動する。

「清彦、会いたかったよ」

抱き寄せると、清彦は従順に身を預けてくれた。さらさらと音がしそうな黒髪を撫でて、白い顎に指を添える。くちづけようと顔を近づければ、そっと目を閉じてくれた。青味がかかったまぶたと長いまつげを見つめながら、キスをした。貪《むさぼ》るように舌を絡めたい衝動にかられたが、なんとか理性で押しこむ。好き勝手に清彦を扱ってはいけない。セックスの前戯ともいえる濃厚な行為は、話し合ったあとだ。

「清彦、元気だった？」

「……うん……」

頬をピンク色に染めて頷く様子がかわいい。食べてしまいたいくらいにかわいい。

「克則は忙しかったと、河合さんに聞いた」

「そうだな……。なかなか会いに行けなくて悪かった。今夜はここまで来てくれて嬉しいよ」

抱き寄せたままソファへと移動する。ぴったりとくっつくようにして腰を下ろした。

「それで、清彦。あらためて相談したいんだが……」

「なに？」

しっかりと目を見つめながら、克則は切り出した。

「二人で暮らしたい。やはり別々に暮らしていると、会うのが難しい。俺はずっと忙しいままだろうが、それでも同居していれば夜だけでも顔を見ることができるし、いつでも会えるという安心感がある。どうか、俺と一緒に暮らしてもらえないだろうか」

「克則……」

清彦は戸惑うように目を逸らした。

「それは、このあいだ断ったはずだ。僕は学生だから学業を疎《おろそ》かにできないし、克則は仕事に集中してほしいし――」

「だから、仕事に集中するためにも君にそばにいてほしいんだ。清彦の学業についても、俺は忙しくて君の邪魔をする暇はない。もちろん、同居してしばらくは落ち着かないかもしれないが、それは環境が変われば起こりうる範疇《はんちゅう》のことだろう」

清彦がきゅっと唇を噛み、ソファから立ち上がろうとする。克則は慌てて捕まえた。

「待ってくれ」

「克則はどうしてそんなに性急にことを進めたがる？　僕は同居なんてまだ早いと言っているのに、どうしてわかってくれない？」

悲しそうな表情になった清彦を、克則は「しまった」と思いながら優しく抱きしめた。

「ごめん、早かったか？」

「早い……」

細い肩を撫でながら、早急だと指摘されても仕方がないかと思う。だが、克則はこの青年と寄り添って生きていきたいのだ。

「確かにちゃんとした恋人になってからはまだ日が浅いが、俺はもう十年も待った。早いとは思えない」

克則は意を決してポケットから指輪のケースを取り出した。それを見て中身を容易に想像できない若者はいないだろう。清彦が息を飲んでいる前で、克則は蓋を開けた。大粒のダイヤモンドが煌《きら》めく、婚約指輪だ。

「これが、愛の証だ。清彦、結婚してほしい」

「…………け、結婚………？」

「日本では同性婚が許されていないことは承知している。そのうち籍を入れてほしいということだ。おたがいに家族を説得しなければならないだろうが、根気強く話し合っていけば解決できない問題ではないと思っている」

ケースから指輪を外して、清彦の左手を取る。抵抗はなかったので、そのまま薬指に指輪をはめた。白魚のようなきれいな手に輝く、ダイヤの硬質な光が美しい。

「君を愛している。このダイヤのように未来永劫《えいごう》、その想いは変わらないと誓う」

決めゼリフのつもりだった。だが無言で指輪を凝視していた清彦が、不意に笑った。くくと声を押し殺して笑っている清彦を不思議に思いながらも見守っていると、さっきまでの思いつめたような表情が消えていく。

「清彦？　俺はなにかおかしなことを言ったか？」

「じゅうぶん、おかしい」

清彦はなぜだか爽やかな笑みで「おかしい」と繰り返した。

「これ、婚約指輪のつもりなのか?」

「そうだ。君の指にはどんな指輪が似合うかと想像しながら選んだ」

「それにしては実用的ではないな。こんなダイヤの指輪、いったいいつどこではめればいいのだ」

「それは……」

宝飾店の店員にすすめられたとき、いつどこではめるのかなどというお薦めトークはなかった。婚約指輪とはこういうものだ、と説明されて値段も手ごろだったので購入したのだが。

「清彦がこれを気に入らなければ、あらためて選びに行ってもいいが――デザイナーに依頼して君のイメージで作ってもらってもいい」

「克則、僕は女性ではないので、指輪に対してそんなにこだわりはない。せっかく克則が僕のために買ってくれたこの指輪が気に入らないなんてことはない」

「そうか……?」

克則は清彦の指で輝くダイヤを見下ろした。確かに清彦のような二十歳の青年がいつどこではめればいいのかと困惑するほどの指輪かもしれない。清彦に指輪を贈る――というイベントに浮かれるあまり、そぐわないものを買ってしまったのだろうか。

せっかく意気ごんで指にはめたのに、的外れなことをしていたとしたら、同居話もまとまらなくなってしまうかもしれない。すこしばかりがっかりした克則だ。

「克則、未来永劫、僕を変わらずに愛するという言葉は本当？」

ダイヤを天井の照明にかざして眺めていた清彦が、笑みを含んだ口調でさっきの決めゼリフを口にした。

「本当だ。神に誓ってもいい」

「だったら、僕は怖がらずに本音を話してもいいだろうか」

「えっ……？」

清彦の発言に克則は驚いた。それはつまり、本音を隠していたということだろうか。なにを隠されていたのかと、克則は動揺した。だが動揺をあからさまに態度に出すわけにはいかない。清彦がすべてを話してくれるのなら、年上の恋人として広い心で受けとめなければ。

「すべてを話したら、克則が僕のことを嫌いになるのではないかと思って、言えなかった」

やはりセックスに関することだろうか。気に入らない行為があったのなら言ってほしい。我慢してほしくない。セックス自体が嫌で、もう二度としたくないと言われてしまったら激しく悲しいが、無理強いはしたくない。

ぐっと奥歯を嚙みしめて突きつけられる現実の衝撃に耐えようと身構えた克則だ。清彦も覚悟を決めたような目になった。

「僕も、克則と一緒に暮らせたらと思っている」

「えっ……」

思いがけない発言に、克則は拍子抜けしそうになった。清彦もおなじ気持ちだった？　だったらどうして拒んでいたのか。

「克則は忙しい。一緒に暮らせば、せめて顔だけでも毎日見ることができる。そうなればどんなに幸せだろうと思う。……でも、僕には自信がない」

「自信がない？　なんの？　もしかして、日常生活をともにしてしまったら、俺の嫌なところに気づいて愛せなくなるかもしれないということか？」

「まさか。その心配はない」

清彦はきっぱりと首を横に振った。

「むしろ、克則の方が僕に愛想を尽かす可能性があるから、一緒には暮らしたくないのだ」

「待ってくれ、清彦。それこそ、そんな可能性はない。俺はずーっと清彦を愛し続けるよ。断言できる。もし心変わりしたら、殺してくれてもいい」

「僕は克則を殺したくないな」

清彦の寂しげな苦笑に胸を打たれた。泣きそうな顔で口を歪める清彦が、守ってあげたくなるほどにか弱く見える。いつも背筋をぴんと正して物怖《ものお》じすることなくまっすぐに前を見ている清彦が、なぜこんなふうに儚《はかな》げに俯いているのか——。

「清彦、なにを打ち明けられても俺は受けとめる準備がある。話してくれ」

「克則……」

清彦はためらいながら、のろのろと口を開いた。

「……僕は、二十年間、今泉の家で暮らしてきた。克則もよく知っている通り、あの家には使用人がたくさんいる。僕は生まれてこのかた、自分のことを自分でしたことがないのだ……」

「ああ、それで？」

わかりきったことを説明されて、克則は首を傾げる。

「だから、その、二人きりで暮らしたら、その日のうちにでも日常生活がままならなくなると思う。僕は家事どころか、自分の衣類の整理すらしたことがない。自室の簞笥《たんす》のどこになにが片づけられているかは知っていても、手入れの方法など知らない。布団の上げ下ろしもしたことがない。そうやって育てられてきて、将来、自分がなにもできない大人になるのではと、疑問に感じたこともなかった」

淡々と語る清彦の横顔を見つめ、克則は恋人がなぜ同居話を拒んでいたのか、やっと理由がわかった。

「最初に二人で暮らしたいと言ってもらえたときは、単純に嬉しかった。だが、すぐにそれが不可能なことだと気づいたのだ。僕は家事ができない。炊事も掃除も洗濯も、なにも教わってこなかった。克則が仕事で疲れて帰ってきても、たぶんなにもできない。散らかった部屋で、汚れた服を着た僕なんかが待っていたら、克則は嫌な気分になるだろう。僕は愛する人に、そんなふうに思われるのは耐えられない。だから、いまはまだ距離を置いて、つかず離れずの生活を続けた方がいい。そのあいだに、せめてお茶を淹《い》れることくらいは学びたくて、いま、使用人に頼んで教えてもらっているところだ。そのつぎには、掃除を……と思っている。基本的なことだけでも身につけてからでないと、克則と暮らせない」

清彦はおずおずと克則を上目遣いで見て、様子を窺《うかが》うような目をした。嫌いになるなんてとんでもない。克則は清彦の深い愛情に感動していた。

つまり、清彦は克則が婚約指輪を贈る前に、すでに無意識のうちに嫁入りを考えていたのだ。家事ができないので学んでから——なんて、まんま花嫁修業ではないか。

「清彦……っ」

克則は迸《ほとばし》る想いのままに清彦を抱きしめた。いきなりきつく抱きしめられても、清彦はまったく抗うことなどない。ただ身を寄せてくれる。

「ありがとう、君の気持ちが嬉しいよ。俺のために家事を覚えようだなんて、素晴らしい。俺は世界一、幸せ者だ」

「そんな大袈裟《おおげさ》な」

清彦は苦笑しているようだが、克則は嬉しさのあまり涙が出そうだった。それと同時に、自分の欲望ばかりを優先して、清彦の気持ちに気づいてやれなかった不甲斐なさに歯噛みした。愛があれば大丈夫だと思っていた克則とちがい、清彦の方がある意味、現実的だったのだ。どうりで冷静になれと言われるはずだ。だが家事の問題など、解決の道はいくつもある。不安になったときに、ひとりで悩まず、一言でいいから相談してほしかった。

「清彦、俺は最初から君に家事を任せるつもりなどなかったよ」

「えっ？　そうなのか？」

本気でびっくりしている清彦の頬に、克則はキスをする。染みひとつない白い頬は、大切に育てられてきた深窓の令息の証だ。今泉家の至宝とまで呼ばれた清彦に、もとから家事能力は求めていない。

「俺は嫁が欲しいわけじゃない。愛する君と暮らしたいだけだ。たがいを慈しみ、思いやり、あたたかな空気で家の中を満たし、癒《いや》されたい。二人きりの時間を堪能して、英気を養いたい。そう思っている。世間にはね、家事代行サービスを専門に請け負っている会社があるんだ。なにを言おう、長谷川グループにもある」

「家事代行……サービス……？」

「たとえば、平日の昼間、二人ともが出かけているあいだに契約したサービス業者が来て、こちらの注文通りの家事をしていってもらう。俺たちがそれぞれ大学と仕事を終えて帰ってきたら、完璧に家の中は片づいているという感じだ」

「そんなことができるのか？」

「できる。べつの方法もある。清彦がまったくの他人を家の中に入れることに抵抗があるなら、今泉家に頼んで、馴染《なじ》みの使用人を派遣してもらったらどうだ。ずっと君の世話をしてくれていた彼女たちのことだから、君の新しい生活を心配するかもしれない。大事な清彦様が楽しそうに暮らしている姿が見られたら、安心するかもしれないしね」

清彦にはこちらの案の方がよかったようだ。ぱあっと晴れやかな笑顔になった。よし、これで同居はＯＫだ、と克則がこっそりガッツポーズをしたところ、またもや清彦の視線が泳ぐ。まだなにか不安材料があるようだ。

「清彦、言いたいことがあるなら、この機会にすべて話してくれ」

ためらっている清彦を促す意味で、克則は背中を優しく撫でた。室内は空調がきいているので清彦はシャツと薄手のカーディガンだけという薄着だった。撫でていると背中のラインがほどよくてのひらに伝わってくる。ひそかにそれを堪能していると、清彦がじわじわと顔面を赤い色に染めていった。

鮮やかな紅色になったうなじが最高に色っぽいなとガン見する克則を、清彦がキッと睨んできた。だがその目は怒っていない。涙を滲《にじ》ませた黒い瞳は、羞恥でいっぱいになっていた。

「これが、ダメな理由だっ」

「へ？」

「ぼ、僕は、克則のそばにいると頭がぼうっとして、わけがわからなくなる。気持ちがふわふわしてしまって、ほかになにも考えられなくなるのだ。ここの中が、克則でいっぱいになりすぎて、苦しくなるほどに……」

清彦は「ここ」と自分の胸を両手で押さえた。

「こんなことでは、絶対に学業が疎かになる。克則に愛された翌朝、このあいだのように起き上がれなくて講義をたびたび休んでいたら、単位を落とす。四年で卒業できなくて留年することになったら最悪だ。でも、たとえそうなるとわかっていても、僕は、僕はきっと、克則のそばにいたら、あ、愛されたいと、願ってしまうと思う」

「清彦、もういい。わかったから」

涙目になっている清彦はぜぇぜぇと肩で息をしている。そうとうの気力をふりしぼって、告白しているのだろう。奥ゆかしい性質の清彦が、克則に愛される――つまりセックスの話題をみずから口にするには、かなりの勇気を必要とするはずだ。

「僕は絶対に、克則に夢中になる。いまでもじゅうぶん夢中なのに、大学よりも克則を優先して、べったりくっついて、邪魔をするようになるかもしれない。それが怖い。克則に仕事だけに集中してほしいなどと言ったが、あれは付け足しに過ぎない。ただ、僕は自分に自信がなくて、同居を拒んでいた。家事ができないだけでなく、克則の邪魔までしていたら、嫌われてしまうと思って……」

上気した紅色の頬に、涙が一筋、滑って落ちていく。あなたが好きだと、愛していると、夢中になりすぎてしまうから怖いと――これほどまでに熱烈な愛情表現があるだろうか。

ああ、なにがなんでもこの子を大切にしていかなければならない、幸せにすると、ダイヤモンドよりも美しい涙を見ながら、克則はあらためて誓った。

「清彦、愛しているよ」

「克則……」

細い腕を伸ばして、清彦がしがみついてくる。もっときつく抱いてとねだられて、克則はぎゅうと力をこめた。胸に清彦が顔を押しつけてくる。ワイシャツに、じわりとあたたかな涙が染みてきた。

清彦に出会う前、克則は何度か女性と付き合った。人並みに恋愛をして、愛と恋を語った。中には真剣に将来を考えてもいいとまで思った人もいたが、結局は別の道を歩んだ。それから清彦と出会ったわけだが、これが運命なのだとしみじみ思う。

過去にも未来にも、おそらくこれほどまでに深く激しく自分を愛してくれる人は現れないだろう。

生涯の伴侶は、清彦以外にいない。そう確信していた。

静かに涙している清彦の髪に、克則は愛をこめてキスを落とす。

「清彦、大丈夫、夢中なのは俺もおなじだ。これからずっと愛していく自信はあるけれど、君の尊敬を維持できるかどうか、俺だって不安だ。ビジネスで躓いて、もしかしたら君に八つ当たりするときが来るかもしれないし、男同士であるがゆえの世間の冷たい目に耐えかねて弱音を吐くかもしれない。一番ありがちなのは、重彦や小関《こせき》君にいらぬ嫉妬を向けて呆れられるかもしれないという点だ。君はバカバカしいと笑うかもしれないが、俺は狭量な人間なので、血の繋がった兄と親友だとわかっていても、仲良くしている様子を見るだけでムカムカしてくるんだ。いままではできるだけそんな感情を表に出さないようにしてきたが、一緒に暮らしていたら、ふとした瞬間に出てしまうかもしれない。君を信じていないわけではないが、これはもうどうしようもない感情なんだ。わかってほしい」

克則もおなじように不安を抱えているのだと心情を吐露すると、清彦が潤んだ目を向けてきた。

「……克則も、そんなふうに思うことがあるのか……？」

「あたりまえだ。人を愛するということは、幸福のぶんだけ、それを失いたくないという不安も抱えることになるのだと思う。ちがうか？」

「克則……」

清彦が長いまつげを瞬かせて、克則をじっと見つめてくる。きらきらと輝く黒い瞳に、自分の顔が映っている。きっといま、克則の瞳には清彦が映っているだろう。

「あらためてお願いするよ。俺と一緒に暮らしてほしい。幸福も不安も、過去も未来も、共有していこう。愛を育んでいこう」

清彦の左手を持ち上げて、薬指に光る指輪にキスをした。

「ずっとそばにいれば、そのうちドキドキしすぎることもなくなって、慣れていくと思うよ」

笑ってそう言ったら、清彦も微笑《ほほえ》んでくれた。「そうだな」と頷く。

「でも、あまり慣れたくない。僕はずっと、克則にドキドキしていきたいな……」

語尾が色っぽく掠《かす》れた。まなざしにこめられた壮絶な誘惑に、克則はくらりと眩暈《めまい》を覚える。清彦はいつこんな技を覚えたのだろうか。意図的にやっているのでなければ、末恐ろしいとしか言いようがない。

「清彦、君を隅々まで愛してもいいか？」

こちらも挑むように、すくい上げるようにして見つめる。ちいさな頷きを見逃さなかった克則は、攫うように抱き上げてベッドルームへ移動した。


「あっ、あ、克…則…っ」

キスをしながら服を脱がした。ベッドに横たえた清彦はすべてを克則に委ねてくれ、無防備に体を開いている。唇から首へとキスを移動させ、克則はきれいに浮いている鎖骨を甘噛みした。白い肌に征服の証のような赤い痕《あと》をつけていくのは楽しい。

「あ、そこは、あんっ」

ちいさな乳首を舐めて吸って歯で擦《こす》るようにすると、清彦がのけ反って快感を訴えた。股間のものがぴんと勃って震えている。そこを嬲《なぶ》りたいが、いまはまだあえて放置しておく。感じやすい清彦の体は、ちょっと愛撫しただけですぐいってしまいそうになるので、コントロールが大切だ。あまり何度も射精すると清彦が参ってしまう。

かわいらしい乳首を重点的に弄《いじ》った。克則はここも大好きなので、いくら弄っても飽きることはない。びくびくと震える清彦は涙目になって「どうしてそこばかり…」と抗議してきた。

「ここがかわいいからだよ」

「平らなのに……」

乳房がないのに、と言いたいのか。膨らみがない胸に克則が執着していることが不思議なのだろう。

「かわいいよ。ちいさいのに、健気《けなげ》に腫れて尖っている。ほら、こうすると――」

「あうっ」

指先で押し潰《つぶ》すようにすると清彦が全身で反応した。摘まんで優しく引っ張れば、清彦は感じてたまらないようで、股間の屹立《きつりつ》からとろりと白濁混じりの体液をこぼす。

「感じる？　君もここが好きだろ？」

「やだ、も、それ、いやだっ」

「どうして？」

清彦はいやいやと首を横に振っている。かわいいなぁ――とニヤついたところで、肝心なことを話し合っていないことを思い出した。乳首を弄られて「いや」と言っている清彦だが、もしかして本気で嫌がっているのではないだろうか。

「清彦、ひとつ確認をしたいんだが」

「な、なに……？」

清彦の目の焦点があやふやになっている。ぼうっとした表情ではあったが、会話は可能なようだ。

「君が同居話を拒むのは、こうして俺に愛されているとき、嫌な行為があるからなのかと気になっていたんだが、そういうことはないのか？」

清彦は「えっ……」と絶句している感じだ。

「ここが――」

まだ一度も触れていなかった清彦の屹立をきゅっと握った。

「あぅ……」

「俺は、口では嫌だと言いながらも清彦のここが固くなっているのなら感じていて、恥ずかしがっているだけだと勝手に解釈していたが、どうなんだ？」

先走りでぬるぬるになっている清彦の性器を、問いかけながらくちくちと扱いてみる。清彦はその動きを制止するように、両手で克則の手を摑んだ。

「やだ、そんなにしたら……」

「本当に嫌なのか？」

たいしたことはしていないが、清彦が本気で嫌がっているのならやめなければならない。だが清彦の頰は羞恥と思われる色に染まっているだけで嫌悪はなく、性器も萎えていない。清彦は弱々しく首を横に振った。

「ちがう……いやじゃない……」

「本当？」

「そんなに擦《こす》ったら、すぐに出そうになるから……」

ためらいながらも清彦が答えてくれた。猛烈に恥ずかしそうな表情が克則の股間を直撃した。まだ脱いでいない克則のそこが、衣服の下で一気にマックスまで充血したのがわかる。

「出してもいいんだよ。いくらでも気持ちよくしてあげるから」

「でも、僕ばかり気持ちよくなっていては、ダメだろう？　僕も、克則をよくしてあげたい。でも、克則にあちこち触られていると、すぐにわけがわからなくなって……」

もじもじと初々しい様子を見せる清彦が、もう、もうもう、克則を殺しそうな勢いで小悪魔だ。

「じゃあ、されて嫌なことはない？」

「…………ない」

思わず、そんな危険な返事をしてはいけない！　と叱りそうになる。克則は清彦と会話しながら、ひそかに速やかに自分も裸になった。

「僕は、克則にならなにをされてもいい」

「清彦……」

「なにをされても、たぶん僕は幸せだと思うから………」

克則はたまらず抱きしめた。素肌と素肌が重なり合って、えもいわれぬ幸福感が生まれる。なにをしてもいいのなら、遠慮はいらないということだ。思う存分、清彦を味わってもいいのか。

「愛しているよ、清彦」

「あ、んっ……」

清彦の口を、克則は唇で塞《ふさ》いだ。苦しそうにしながらも縋りついてくる体をてのひらで愛でながら、舌で口腔を蹂躙《じゅうりん》する。たっぷりとくちづけたあと、全身にキスをした。清彦の体はどこもかしこも美しい。性器だけでなく陰嚢にもくちづけ、尻の谷間に舌を這わせた。

清彦が逃げようとするので押さえこみ、窄まりを丹念に舐める。「いやだ」を連発していたが、そこはしだいに柔らかく解けてきて、克則の指を受け入れてくれた。

「ああ、ああっ、克則ぃ、ああん」

「いいかい？　痛くない？」

「ない、ないから、もう……っ」

入れて、と掠れた声でねだられて、克則はベッドに這わせた清彦を後ろから犯した。体を繋げたと同時に、清彦は達していた。がくがくと震えながら体液を滴らせ、すすり泣くような声で克則を呼ぶ。

「い、いっちゃ、た……、ごめ、なさ……」

「謝らなくていい。何度でもいかせてあげるから、ほら」

ずるりと一物《イチモツ》を抜き、ずぐりと押しこむ。清彦の感じる場所を先端で抉《えぐ》るようにしてやると、清彦はすぐに自分のモノを勃たせた。清彦の中は気持ちいい。絶妙な締めつけに恍惚《こうこつ》としてしまうほどだ。

「清彦、もうずっとこのまま繋がっていたい。朝まで入れたままでもいいか？」

「やだ、そんなの。広がって、元に戻らなくなる」

そう言いながらも、清彦のそこは克則をぎゅっと捉《つか》まえて離さない。体は嫌がっていないと確信しつつ、克則は腰を蠢かした。両手を前に回して乳首も弄る。

「あんっ、あっ、いや、あーっ、あんっ、ああっ」

「すごい、清彦……君はすごいよ……」

粘膜のうねるような動きに感嘆するしかない。まだ経験が浅いとは思えないほどだ。今後が楽しみのようなおそろしいような、複雑な気持ちになる。

「ああ、克則、かつのり、どう…しよう、また、また……」

「う、くっ……」

清彦が二度目の絶頂に達した。同時に激しく締めつけられ、克則も耐えきれずに欲望を吐き出してしまう。愛する人の中にたっぷりと体液を注ぎこみ、征服欲が満たされた。中出しを許してくれる恋人が愛しい。あとできれいにしてあげよう。だがいまは、このまま二回戦に突入したい。

「清彦……」

耳元で愛をこめて囁いた。脱力していた清彦がぴくりと肩を揺らし、濡れた瞳を向けてくる。いったばかりの清彦からは壮絶なほどの色気が放たれていて、それだけでいきそうになるほど魅力的だった。エロすぎるともいう。

清彦が本気で嫌がろうとも朝までコースかもしれないと、克則はそうと自覚しないままで鬼畜なことを考えたのだった。

あとがき

こんにちは、はじめまして、名倉和希《なくらわき》です。このたびは『無垢《むく》で傲慢な愛し方』を手にとっていただき、ありがとうございます。

今回は年の差モノでございます。ええ、年の差。大好物です。ふふふ。

攻めの克則《かつのり》は、普通の人ぶっていますが、れっきとした変態です。だって清彦《きよひこ》を見初めたのが十歳のときですよ。それから十年も待ったんですよ。ロックオンされた清彦にとったらとんでもないことです。最終的に両思いになれたからよかったものの、清彦が受け入れていなかったらどうなっていたことか……。たぶん受けの清彦も、普通ではなかったということでしょう。なんてったってお坊ちゃんですからね。庶民とは思考回路がちがっているのかもしれません。生まれも育ちも庶民の私は、「あらあら、大変ねぇ、あんたたち」と薄ら笑いを浮かべながら書いていたのでした——。

これからも二人は自覚しないままで周囲に迷惑をかけながらイチャラブしていくのでしょう。はれて実家を出て同棲《どうせい》生活をスタートさせた二人は、まともに日常生活を送れるのか？　という危惧が。

お坊ちゃんでありながら二人よりはマシな重彦《しげひこ》兄ちゃんが、なにかと世話を焼いてくれそうですよね。あと、秘書の河合《かわい》さん……。頑張ってください。私からはそれ以上なにも言えません……。

イラストは壱也《いちや》様です。見目麗しい克則と清彦を描いてくださり、ありがとうございました。ラフを見てびっくりしました。私の脳内ではこんなに格好いいビジュアルではなかったからです。特に克則が――。でも格好よく描いてもらったおかげで、克則の変態濃度が薄くなったように思います。ありがたいことです。こんな感じでイラストに助けられることがよくある私です。

さて、この本が出るのは年度末。みなさんにもいろいろと節目があるのではないでしょうか。我が家では娘と息子がそろって学生ではなくなります。やっと、やっと……！　BLのおかげ、みなさんのおかげで無事に育て上げることができました。感無量です。

これで私もBLを卒業……なんてことには絶対になりません。私の煩悩は無限です。脳内に留《とど》めておくと危険なので小説という形にして小出しにしなければなりません。これからもよろしくお願いしたいです。

ツイッターとブログをやっています。細々とですが。興味がある方は検索してみてください。商業誌、同人誌の案内などを書いています。

それではまた、どこかでお会いしましょう。最後までおつきあいくださり、ありがとうございました。

LYNX ROMANCE

閉《と》ざされた初恋《はつこい》

名倉和希　illust. 緒田涼歌

本体価格
855円+税

両親の会社への融資と引き替えに、大企業を経営する桐山千春の愛人として引き取られた黒宮尋人。『十八歳までは純潔なままで』という約束のもと、尋人の生活は常に監視され、すでに三年が経っていた。そんな尋人の唯一の心の支えは、初恋の相手で洗練された大人の男、市之瀬雅志と月に一度だけ逢える事。今でも恋心を抱いている雅志から「絶対に君を救い出す」と告げられるが、愛人として身を捧げる日は迫っており——!?

LYNX ROMANCE

ラブ・トライアングル

名倉和希　illust. 亜樹良のりかず

本体価格
855円+税

優しく純粋な性格の矢野孝司は理髪店を営んでいる。店には近所に住む槙親子が通っており、孝司は探偵業を営む父親の嵩臣と、高校生の息子・克臣から日々口説かれ続けていた。ある時、突然現れたヤクザの従兄弟・大輔に店の土地を寄こせと脅される。以来、大輔からの嫌がらせが続くが、怯える孝司に槙親子は頼もしく力になってくれた。孝司は急速に槙親子に惹かれていくが、牽制し合う二人はどちらか一人を選べと迫ってきて!?

LYNX ROMANCE

恋《れん》愛《あい》記《き》憶《おく》証《しょう》明《めい》

名倉和希　illust. 水名瀬雅良

本体価格
855円+税

催眠療法によって記憶をなくした有紀彦の目の前には、数人の男。有紀彦は、今の恋人をもう一度好きになるためにわざと記憶をなくしたのだと教えられ、困惑する。その上、箱入り息子である有紀彦の自宅で、1ヶ月もの間恋人候補の三人の男たちと生活を共にするという。彼らから日々口説かれることになった有紀彦は、果たして誰を恋人に選ぶのか——!?感動のクライマックスが待ち受ける、ハートフルラブストーリー。

LYNX ROMANCE

徒《あだ》花《ばな》は炎《ほのお》の如《ごと》く

名倉和希　illust. 海老原由里

本体価格
855円+税

清廉な美貌を持ちながらも、一度キレると手がつけられなくなる瀧川夏樹。ヤクザの組長の嫡男である夏樹は、幼馴染みで隣の組の幹部・西丸欣二と身体を重ねることで、度々キレそうになる精神を抑えていた。他に女がいても、自分と離れなければいいと思っていた夏樹だが、ある日つきまとわれていた男・ヒデに、欣二との関係を周囲にバラすと脅されしまう。迷惑が掛かることを畏れた夏樹は、ヒデを抹殺しようとするが…。

LYNX ROMANCE

手《て》を伸《の》ばして触《ふ》れて

名倉和希　illust. 高座朗

本体価格
855円+税

両親が殺害され、自宅に火をつけられた事件によって視力を失ってしまった雪彦。事件は両親の心中として処理されてしまい、雪彦は保険金で小さな家を建て、静かに暮らしていた。そんなある日、図書館へ行く途中、歩道橋から落ちかけたところを、桐山という男に助けられる。その後も、何かと親切にされるうち雪彦は桐山に心を寄せ始める。しかし桐山は事件を調べていた記者として、雪彦に近づいてきていて…。

LYNX ROMANCE

レタスの王子《おうじ》様《さま》

名倉和希　illust. 一馬友巳

本体価格
855円+税

会社員の章生とカフェでコックとして働く伸哉は同棲を始めたばかりの恋人同士。ラブラブな二人だが、章生には伸哉に言えない大きな秘密があった。実は、重度の偏食で伸哉が作るご飯が食べられないのだ。同棲前は何とかごまかしていたが、毎日自分のためにお弁当を作ってくれる伸哉に、章生は心を痛めていた。しかも、同僚の三輪に毎日お弁当を食べてもらっていた章生の様子に、伸哉は何かを隠していると、疑い始めてしまい…。

LYNX ROMANCE

理《り》事《じ》長《ちょう》様《さま》の子《こ》羊《ひつじ》レシピ

名倉和希　illust. 高峰顕

本体価格
855円+税

奨学金で大学に通っている優貴は、理事長である滝沢に対して恩を感じていた。それだけでなく、その魅力的な容姿と圧倒的な存在感に憧れ、尊敬の念さえ抱いていた。めでたく二十歳を迎えた優貴は、突然滝沢から呼び出されて、食事をご馳走になる。酒を飲んだ優貴は突然睡魔に襲われてしまう。目覚めると、裸にされ滝沢の愛撫を受けていた優貴は、滝沢の家に住み、いつでも身体の相手をすることを約束させられ…。

LYNX ROMANCE

極《ごく》道《どう》ハニー

名倉和希　illust. 基井颯乃

本体価格
855円+税

父が会長を務める月伸会の傍系・熊坂組を継いだ猛。ヤクザらしからぬ可愛さを持つ猛は、幼い頃家に引き取られた、兄のような存在である里見に恋心を抱いていた。そんな想いを秘めながら、組員たちに甲斐甲斐しく世話を焼かれなんとか組を回していた猛。だがある日、新入りの組員が突然姿を消してしまった。必死に探す猛の元に、消息を調べたという里見がやって来て「知りたければ自分の言うことを聞け」と告げてきて…。

LYNX ROMANCE

神《かみ》さまには誓《ちか》わない

英田サキ

illust. 円陣闇丸

本体価格
855円+税

永い時間神や悪魔と呼ばれ過ごしてきた、腹黒い悪魔のアシュトレト。アシュトレトは日本の教会で名前の似た牧師・アシュレイと出会い、親交を深める。しかし、彼はアシュトレトが気に入りの男・上総の車に轢かれ、命を落としてしまう。アシュトレトは遺された娘のため、彼の身体に入り込むことに。事故を気に病む上総がアシュレイの中身を知らないことをいいことに、アシュトレトは彼を誘惑し、身体の関係に持ち込むが……。

LYNX ROMANCE

美少年《びしょうねん》の事情《じじょう》

佐倉朱里

illust. やまがたさとみ

本体価格
855円+税

中年サラリーマンの佐賀はある日、犬を助けようと川に入っり溺れてしまう。意識を失った佐賀が目覚めると異世界へとトリップしてしまっていた。しかも、自分の姿がキラキラした美青年に！ ヨーロッパのような雰囲気の異世界で、佐賀を助けてくれた貴族の青年・サフィルと一緒に生活することになるが、今の美青年の見た目に反しいちいちやることがオッサンくさい佐賀。しかし、いつしかサフィルが佐賀に惹かれ始め……。

LYNX ROMANCE

今宵《こよい》スイートルームで

火崎勇

illust. 亜樹良のりかず

本体価格
855円+税

ラグジュアリーホテル『アステロイド』のバトラーである浮島は、スイートルームに一週間宿泊する客・岩永から専属バトラーに指名される。岩永は、ホテルで精力的に仕事をこなしながらも毎日入れ替わりでセックスの相手を呼び遊んでいたが、そのうち浮島にもちょっかいをかけてくるようになる。そんな岩永が体調を崩し、寝込んだところを浮島が看病したことから、二人の関係は徐々に近づいてゆき……。

LYNX ROMANCE

危険《きけん》な遊戯《ゆうぎ》

いとう由貴

illust. 五城タイガ

本体価格
855円+税

裕福な家柄で華やかな美貌の高瀬川和久は、誰とでも遊びで寝る奔放な生活を送っていた。ある日、和久はパーティで兄の友人・下條義行に出会う。初対面なのに不躾な言葉で自分を馬鹿にしてきた義行に腹を立て、仕返しのため彼を誘惑して手酷く捨ててやろうと企てた和久。だがその計画は義行に見抜かれ、逆に淫らな仕置きをされることになってしまう。抗いながらも、次第に快感を覚えはじめた自分に戸惑う和久は……。

LYNX ROMANCE

空《そら》を抱《いだ》く黄《おう》金竜《ごんりゅう》

朝霞月子　illust. ひたき

本体価格 855円＋税

のどかな小国・ルイン国で平穏に暮らしていた純朴な第三王子・エイプリルは、祖国の支えになりたいと、出稼ぎのため世界に名立たるシルヴェストロ国騎士団へ入団することに。ところが、破壊王と呼ばれる屈強な団長・フェイツランドをはじめ、くせ者揃いの騎士団で大苦戦。仕送りどころか、生きるのに精一杯。さらに豪快で奔放なフェイツランドに気に入られたエイプリルは、朝から晩まで、執拗に構われるようになり…。

LYNX ROMANCE

臆《おく》病《びょう》なジュエル

きたざわ尋子　illust. 陵クミコ

本体価格 855円＋税

地味だが整った容姿の湊都は、浮気性の恋人と付き合い続けたことですっかり自分に自信を無くしてしまっていた。そんなある日、勤務先の会社の倒産をきっかけに高校時代の先輩・達祐のもとを訪れることになる湊都。達祐を慕っていた湊都は、久しぶりの再会を喜ぶが、達祐から「昔からおまえが好きだった」と突然の告白を受ける。強引な達祐に戸惑いながらも、一緒に過ごすことで湊都は次第に自分が変わっていくのを感じ…。

LYNX ROMANCE

カデンツァ3 ～青の軌跡〈番外編〉～

久能千明　illust. 沖麻実也

本体価格 855円＋税

ジュール＝ヴェルヌより帰還し、故郷の月に降り立ったカイ。自身をバディ飛行へと駆り立てた原因でもある義父・ドレイクとの確執を乗り越えたカイは、再会した三四郎と共に『月の独立』という大きな目的に向かって邁進し始めた。そこに意外な人物まで加わり、バディとしての新たな戦いが今、幕を開ける――！そして状況が大きく動き出す中、カイは三四郎に『とある秘密』を抱えていて…？

LYNX ROMANCE

ファーストエッグ1

谷崎泉　illust. 麻生海

本体価格 855円＋税

風変わりな刑事ばかりが所属する、警視庁捜査一課外れの部署『五係』中でも佐竹は時間にルーズな問題刑事だ。だが、こと捜査においては抜群の捜査能力を発揮していた。そんな佐竹が抱える態度以上の問題は、とある事件をきっかけに、元暴力団幹部である高御堂が営む高級料亭で彼と同棲し、身体だけの関係を続けていること。佐竹はその関係を断つことが出来ないでいた。そんな中、五係に真面目で堅物な黒岩が異動してきて…？

LYNX ROMANCE

ワンコとはしません!

火崎勇　illust. 角田緑

本体価格
855円+税

子供の頃、隣の家に住んでいたお兄さん・仁司のことが大好きだった花岡望。一緒に愛犬タロの散歩にいったり、本当の兄のように慕っていたが、突然彼の一家が引っ越してしまう。さらに同じ日にタロが事故に遭い、死んでしまった。そして大学生になったある日、望はバイト先のカフェで仁司と再会する。仁司としばらく楽しい時間を過ごしていたが、タロの遺品である首輪を見せた途端、彼は突然望の顔を舐め、「ワン」と鳴き…?

LYNX ROMANCE

赦《ゆる》されざる罪《つみ》の夜《よる》

いとう由貴　illust. 高崎ぼすこ

本体価格
855円+税

精悍な容貌の久保田貴俊は、ある夜バーで、淫らな色気をまとった上原慎哉に声をかけられ、誘われるままに寝てしまう。あくまで『遊び』のはずだったが、次第に上原の身体にのめり込んでいく貴俊。だがある日、貴俊は上原の身体をいいように弄んでいる男の存在を知る。自分に見せたことのない表情で命じられるまま自慰をする上原に言いようのない苛立ちを感じるが、彼がある償いのために、身体を差し出していると知り…。

LYNX ROMANCE

竜王《りゅうおう》の后《きさき》

剛しいら　illust. 香咲

本体価格
855円+税

皇帝を阻む唯一の存在・竜王が妻を娶り、その力を覚醒させる——予言を恐れた皇帝により、村は次々と焼き払われた。そんな村跡で動物と心を通わせられる穏やかな青年・シンは、精悍な男を助ける。男は言葉も記憶も失い、日常生活すら一人では覚束ない様子。シンは彼をリュウと名付け、共に暮らし始めたが、ある夜、普段の愚鈍な姿からは思いもよらない威圧的な態度のリュウに、自分は竜王だと言われ、無理やり体を開かれて——。

LYNX ROMANCE

天使強奪《てんしごうだつ》

六青みつみ　illust. 青井秋

本体価格
855円+税

身体、忍耐力は抜群だが、人と争うことが苦手なクライスは、王室警護士になり穏やかな毎日を送っていた。そんなある日、王家の一員が悪魔に憑依され、凄腕のエクソシスト『エリファス・レヴィ』がやってくる。クライスはひと目見て彼に心を奪われるが、高嶺の花だと諦める。だが、自分でも知らなかった『守護者』の能力を買われ彼の警護役に抜擢される。寝起きをともにする日々に、エリファスへの気持ちは高まってゆき…。

LYNX ROMANCE

裸執事《はだかしつじ》 ～縛鎖～

水戸泉

原作:マーダー工房 illust. 倒神神倒

本体価格 855円+税

大学生の前田智明は、仕事をクビになり途方に暮れていた。そんな時、日給三万円という求人を目にする。誘惑に負け指定の場所に向かった智明の前に現れたのは、豪邸と見目麗しい執事たち…。アルバイトの内容はなんとご主人様として執事を従えることだった。はじめは当惑したが、どんな命令にも逆らわない執事たちに、サディスティックな欲望を覚えはじめた智明。次第にエスカレートし、執事たちを淫らに弄ぶ悦びに目覚め——。

LYNX ROMANCE

マジで恋《こい》する千年前《せんねんまえ》

松雪奈々

illust. サマミヤアカザ

本体価格 855円+税

平凡な大学生の真生は突然平安時代にタイムスリップしてしまう。なんと波長が合うという理由で、陰陽師・安倍晴明に心と身体を入れ替えられてしまったのだ。さらに思う存分現代生活を満喫したいという晴明のわがままにより、三カ月の間平安時代で彼の身代わりをする羽目に。無理だと断るが、晴明が残した美貌の式神・佐久に命じられるままなんとか晴明のふりをする真生。そんな中、自分を支えてくれる佐久に惹かれていくが…。

LYNX ROMANCE

身代《みが》わり花嫁《はなよめ》の誓約《せいやく》

神楽日夏

illust. 壱也

本体価格 855円+税

柔らかな顔立ちの大学生・珠里は、名門・鷲津家に仕える烏丸家の跡取りとして、鍛錬に励む日々を送っていた。そんなある日、幼い頃から仕えてきた主の威仁がザーミル王国のアシュリー姫と婚約したと聞かく。どこか寂しさを覚えつつも、威仁の婚約者を守るため、人前ではアシュリー姫の身代わりを引き受けることになった珠里。だが身代わりの筈なのに、まるで本物の恋人のように扱ってくる威仁に次第に戸惑いを覚えはじめて…。

LYNX ROMANCE

蝕《むしば》みの月《つき》

高原いちか

illust. 小山田あみ

本体価格 855円+税

画商を営む汐方家の三兄弟、京、三輪、梓馬。三人の関係は四年前、病で自暴自棄になった次男の三輪を三男の梓馬が抱いたことで、大きく変わった。血の繋がらない梓馬だけでなく、二人の関係を知った長男の京まで三輪を求めてきたのだ。幼い頃から三輪を想ってくれた梓馬のまっすぐな気持ちを嬉しく思いながら、兄に逆らえず身体を開かれる三輪。実の兄からの執着と、義理の弟からの愛情に翻弄される先に待つものは——。

LYNX ROMANCE

ネコミミ王子《おうじ》

茜花らら illust. 三尾じゅん太

本体価格 855円+税

母が亡くなり、天涯孤独となった千鶴の元に、ある日、存在すら知らなかった祖父の弁護士がやって来る。なんと、千鶴に数億にのぼる遺産を相続する権利があるらしい。しかし、遺産を相続するには士郎という男と一緒に暮らし、彼の面倒を見ることが条件だという。しばらく様子を見るため、一緒に暮らし始めた千鶴だが、カッコイイ見た目に反して、ワガママで甘えたな士郎。しかも興奮するとネコミミとしっぽが飛び出る体質で…。

LYNX ROMANCE

幼《おさな》馴《な》染《じ》み～荊《いばら》の部屋～

沙野風結子 illust. 乃一ミクロ

本体価格 855円+税

母の葬儀を終えた舟の元に、華やかな雰囲気の敦朗が訪ねてくる。二人は十年振りに再会する幼馴染みだ。十年前、地味で控えめな高校生だった舟は、溌剌とした輝きを持つ敦朗に焦がれるような想いを抱いていた。だが親友ですらない、ただの幼馴染みであることに耐えかねた舟は、敦朗と決別することを選んだ。突然の来訪に戸惑い、何も変われていないことに苛立ちを覚える舟の脳裏に、彼との苦しくも甘美な日々が鮮明に甦り——。

LYNX ROMANCE

マルタイ —SPの恋人—

妃川螢 illust. 亜樹良のりかず

本体価格 855円+税

来日した某国首相の息子・アナスタシアの警護を命じられた警視庁SPの室塚。我が儘セレブに慣れていない室塚は、アナスタシアの奔放っぷりに唖然とする。しかも、彼の要望から二十四時間体制で警護にあたることに。買い物や観光に振り回されてぐったりする反面、室塚は存外それを楽しんでいることに気付く。そして、アナスタシアの抱える寂しさや無邪気な素顔に徐々に惹かれていく。そんな中アナスタシアが拉致されしまい…。

LYNX ROMANCE

咎《とが》人《びと》のくちづけ

夜光花 illust. 山岸ほくと

本体価格 855円+税

魔術師・ローレンの元に暮らしていた見習い魔術師のルイ。彼の遺言で森の奥からサントリムの都にきたルイに与えられた仕事は、セントダイナの第二王子・ハッサンの世話をすることだった。無実の罪で陥れられ亡命したハッサンは、表向きは死んだことにして今ではサントリムの『淵底の森』に匿われていた。物静かなルイは気に入ったハッサンは徐々にルイにうち解けていく。そんな中、セントダイナでは民が暴動を起こしており…。

LYNX ROMANCE

略奪者《りゃくだつしゃ》の純情《じゅんじょう》

バーバラ片桐　illust. 周防佑未

本体価格 855円+税

社長秘書を努める井樋響生のもとに、ある日荒賀組の若頭である荒賀侑真が現れた。荒賀とは小学校からの幼なじみで、学生時代には唯一の友人だったが十年振りに再会した彼は、冷徹で傲岸不遜な男に変わっていた。そんな荒賀に会社の悪評を流され、連日マスコミの対応に追われる響生。社長の宮川に恩を感じている響生は、会社の窮地を救おうと奔走するが荒賀に「手を引いてほしければおまえの身体で奉仕しろ」と脅迫されて…。

LYNX ROMANCE

おとなの秘密《ひみつ》

石原ひな子　illust. 北沢きょう

本体価格 855円+税

男らしい外見とは裏腹に温厚な性格の恩田は、職場で唯一の男性保育士として日々奮闘していた。そんなある日、恩田は保育園に息子を預けに来た京野と出会う。はじめはクールな雰囲気の京野にどう接していいか分からなかったものの、男手ひとつで慣れない子育てを一生懸命やっている姿に惹かれていく恩田。そして、普段はクールな京野がふとした時に見せる笑顔に我慢が効かなくなった恩田は、思い余って告白してしまって…！

LYNX ROMANCE

暁《あかつき》に堕《お》ちる星《ほし》

和泉桂　illust. 円陣闇丸

本体価格 855円+税

清澗寺伯爵家の養子である貴郁は、抑圧され、生の実感が希薄なまま日日を過ごしていた。やがて貴郁は政略結婚し、奔放な妻と形式的な夫婦生活を営むようになる。そんな貴郁の虚しさを慰めるのは、理想的な父親像を体現した厳しくも頼れる義父・宗晃と、優しく包容力のある義兄・篤行だった。だがある夜を境に、二人から肉体を求められるようになってしまう。どちらにも抗えず、義理の父兄と爛れた情交に耽る貴郁は…。

LYNX ROMANCE

追憶《ついおく》の雨《あめ》

きたざわ尋子　illust. 高宮東

本体価格 855円+税

ビスクドールのような美しい容姿のレインは、長い寿命と不老の身体を持つバル・ナシュとして覚醒してから、同族の集まる島で静かに暮らしていた。そんなある日、レインのもとに新しく同族となる人物・エルナンの情報が届く。彼は、かつてレインが唯一大切にしていた少年だった。逞しく成長したエルナンは、離れていた分の想いをぶつけるようにレインを求めてきたが、レインは快楽に溺れる自分の性質を恐れていて…。

LYNX ROMANCE

月神《つきがみ》の愛《め》でる花《はな》～六つ花の咲く都～

朝霞月子　illust. 千川夏味

本体価格
855円+税

ある日突然、見知らぬ世界・サークィン皇国へ迷い込んでしまった純情な高校生の佐保は、若き皇帝・レグレシティスと出会い、紆余曲折を経て結ばれる。彼の側で皇妃として生きることを選んだ佐保は、絆を深めながら、穏やかで幸せな日々を過ごしていた。季節は巡り、佐保が王都で初めて迎える本格的な冬。雪で白く染まった景色に心躍らせる佐保は街に出るが、そこでとある男に出会い…？

LYNX ROMANCE

月神《つきがみ》の愛《め》でる花《はな》～澄碧の護り手～

朝霞月子　illust. 千川夏味

本体価格
855円+税

見知らぬ異世界・サークィン皇国へトリップしてしまった純情な高校生の佐保は、若き皇帝・レグレシティスと出会い、紆余曲折を経て、身も心も結ばれる。皇妃としてレグレシティスと共に生きることを選んだ佐保は、絆を深めながら幸せな日々を過ごしていた。そんなある日、交流のある領主へ挨拶に行くというレグレシティスの公務に付き添い、港湾都市・イオニアへ向かうことに。そこで佐保が出会ったのは…？

LYNX ROMANCE

天使《てんし》のささやき2

かわい有美子　illust. 蓮川愛

本体価格
855円+税

警視庁警護課でSPとして勤務する名田は、同じくSPの峯神とめでたく恋人同士となる。二人きりの旅行やデートに誘われ嬉しくも思う名田。しかし、以前からかかわっている事件は未だ解決が見えず、また名田はSPとしての仕事に自分が向いているのかどうか悩んでもいた。そんな中、名田が確保した議員秘書の矢崎が不審な自殺を遂げる。ますますきな臭くなる中、名田たちは引き続き行われる国際会議に厳戒態勢で臨むが…。

LYNX ROMANCE

クリスタル ガーディアン

水壬楓子　illust. 土屋むう

本体価格
855円+税

北方五都と呼ばれる地方で、もっとも広大な領土と国力を持つ月都。月都の王族には守護獣がつき、主である王族が死ぬか、契約解除が告げられるまで、その関係は続いていく。しかし、月都の第七皇子・守善には守護獣がつかなかった。だがある日、兄である第一皇子から「将来の国の守りも考え伝説の守護獣である雪豹と契約を結んでこい」と命じられる。さらに豹の守護獣・イリヤを預けられ、一緒に旅をすることになり…。

LYNX ROMANCE

獣《けもの》王《おう》子《じ》と忠《ちゅう》誠《せい》の騎《き》士《し》

宮緒葵

illust. サマミヤアカザ

本体価格
855円+税

トゥラン王国の騎士・ラファエルは、幼き第一王子・クリスティアンに永遠の忠誠を誓った。しかし六歳になったある日、クリスティアンが忽然と姿を消してしまう。そして十一年後—ラファエルはついに「魔の森」で美しく成長した王子を見つけ出す。国に連れ帰るも魔獣に育てられ言葉も忘れていたクリスティアンは獣のようだった。それでも変わらぬ忠誠を捧げ、献身的に尽くすラファエルにクリスティアンも心を開きはじめ…。

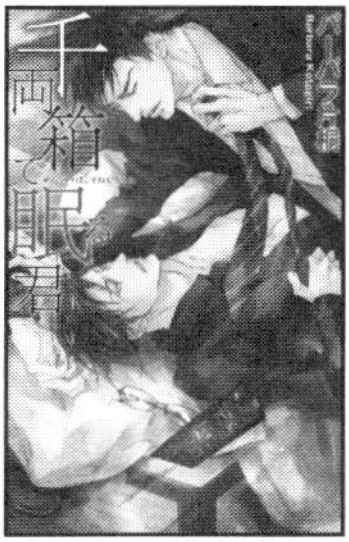

LYNX ROMANCE

千《せん》両《りょう》箱《ばこ》で眠《ねむ》る君《きみ》

バーバラ片桐

illust. 周防佑未

本体価格
855円+税

幼少のトラウマから、千両箱の中でしか眠ることが出来ない嵯峨。ヤクザまがいの仕事をしている嵯峨は、身分を偽り国有財産を入札するため財務局の説明会に赴いた。そこで職員になっていた同級生・長尾と再会する。しかし身分を偽っていたことがバレ、口封じのため彼を強引に誘惑し、抱かれることに。その後もなし崩し的に長尾と身体の関係を続ける嵯峨だったが、そんな中、長尾が何者かに誘拐され…。

LYNX ROMANCE

ファラウェイ

英田サキ

illust. 円陣闇丸

本体価格
855円+税

祖母が亡くなり、天涯孤独となってしまった羽根珠樹。病院の清掃員として真面目に働いていた珠樹は、あるとき見舞いに来ていた外国人のユージンに出会う。彼はアメリカのセレブ一族の一員で傲慢な男だったが、後日、車に轢かれて息を引き取った。だが、なぜかユージンはすぐに蘇生した。そして、今までとはまったく別人のようになってしまったユージンは、突然「俺を許すと言ってくれ」と意味不明な言葉で珠樹にせまってきて…。

LYNX ROMANCE

狼《おおかみ》だけどいいですか?

葵居ゆゆ

illust. 青井秋

本体価格
855円+税

人間嫌いの人狼・アルフレッドは、とある町で七匹の犬と一緒に暮らす奈々斗と出会う。親を亡くした奈々斗は、貧しい暮らしにもかかわらず捨て犬を見ると放っておけないお人好しだった。アルフレッドは、奈々斗に誘われしばらくの間一緒に住むことになるが、次第に元気に振る舞う彼が抱える寂しさに気づきはじめる。人間とはいつか別れが来ることを知りながら奈々斗を放っておけない気持ちになったアルフレッドは…。

この本を読んでの
ご意見・ご感想を
お寄せ下さい。

〒151-0051
東京都渋谷区千駄ヶ谷4-9-7
(株)幻冬舎コミックス　リンクス編集部
「名倉和希《なくらわき》先生」係／「壱也《いちや》先生」係

リンクス ロマンス

無垢で傲慢な愛し方

2014年3月31日　第1刷発行

著者……………名倉和希《なくらわき》
発行人…………伊藤嘉彦
発行元…………株式会社　幻冬舎コミックス
〒151-0051　東京都渋谷区千駄ヶ谷4-9-7
TEL 03-5411-6431（編集）
発売元…………株式会社　幻冬舎
〒151-0051　東京都渋谷区千駄ヶ谷4-9-7
TEL 03-5411-6222（営業）
振替00120-8-767643
印刷・製本所…株式会社　光邦
検印廃止

ISBN978-4-344-83091-2 C0293
Printed in Japan

幻冬舎コミックスホームページ　http://www.gentosha-comics.net